大畫情聖
十二
金字招牌
上山打老虎 著

【目錄】

第一六一章　賠了夫人又折兵　5
第一六二章　人不可貌相　23
第一六三章　一場好戲　43
第一六四章　兩宮內鬥　63
第一六五章　醉翁之意不在酒　81
第一六六章　三寸不爛之舌　99
第一六七章　小鬼難纏　115

第一六八章　最惹不起的人　133
第一六九章　鹿死誰手　153
第一七〇章　斬草除根　171
第一七一章　罪已詔　191
第一七二章　指鹿為馬　207
第一七三章　願賭服輸　227
第一七四章　武備學堂　245
第一七五章　倭人特產　265

第一六一章

賠了夫人又折兵

其實許多人早已忘了從造作局拿了多少錢，又該退回多少去，

不過人人都怕變成後進，報的數目比別人少了，

一個不好，蘇州那邊不滿意，那就賠了夫人又折兵，

丟官棄爵不說，小命能不能留下還是個未知數。

知州衙門後衙。

楊戩今日不當值，早早就去睡了，輪值的太監，趙佶看得不喜，便叫他在外頭伺候。這小廳裏，趙佶抱著茶盞出神，眼看黃昏將逝，總不見安寧回來，心中不由憂慮，坐立不安。

幾次想要去問，卻又覺得自己應當沉住氣，天家自該有一切盡在掌握的威嚴。

如此煎熬了半個時辰，趙佶長吁短嘆，心裏想，安寧多半是凶多吉少了，依著那糊塗蛋的性子，朕爲什麼就鬼迷心竅叫他陪安寧去玩？他若是當著許多人做出了什麼出格的舉動，莫說安寧蒙羞，整個宗室都臉上無光。

趙佶滿腦子只想著一個詞兒——羊入虎口。非但如此，還是他親自送上門的，滿腹懊惱，卻只能焦急如焚地等待。

這一等，窗外已被夜幕籠罩，卻還是沒有消息，幾個內侍進來，爲趙佶點了宮燈，他不耐煩地問：「安寧還沒回來嗎？」

「回陛下，安寧帝姬還沒回來，要不奴才去問一問？」

趙佶心裏大怒，若是楊戩，就絕不會說這般不曉事的話，這種事一旦去問，反而是要讓人盡皆知，真是該死的奴才。

趙佶繼續不耐煩地揮揮手：「滾出去。」

燭火搖曳，每一滴燭淚滴落下來，趙佶的不安就增添一分，到了後來，心裏已經罵娘了。

「現在還沒有回來，莫不是出事了？」

「不對，不對，若是出了事，會有人來通報的。」趙佶安慰自己，焦灼地支開窗，望著黯淡的月色出神。

「陛下，安寧帝姬回來了。」一個小太監輕輕推開門來，小心翼翼地稟告。

趙佶的心卻仍是懸著，頷首點頭，淡淡地道：「朕知道了。」

「陛下是不是要請帝姬來說話？」這小太監自以爲通曉趙佶的心意，笑咪咪地道。

「不必，她剛回來，還要沐浴、進食。叫吳忠安來。」

吳忠安是書記太監，宮裏頭哪些人說了哪些話，都是由他記錄的，這一次安寧帝姬去虎丘，趙佶便給了他一個使命——記事。

這吳忠安天生有一副靈敏的耳朵，又擅長速寫，才委以了重任，他小心翼翼地帶著記事本覲見，趙佶心急火燎地道：「不必行禮，沈傲和帝姬說了哪些話，都記下了嗎？」

吳忠安笑吟吟地道：「都記下了，請陛下過目。」說罷，便將記事本小心翼翼地交給趙佶，趙佶接了，揮揮手：「沒你的事了，出去！」

趙佶落座，開始認真翻閱起記事本來，他眉宇沉重，漸漸看下去，倒是漸漸舒緩了心情，正如所有關心兒女隱私的父親一樣，當看到二人的對話沒有逾越之舉，趙佶的心情理所當然地好轉了幾分。

只是……正在趙佶鬆了口氣的時候，一句話卻讓他皺起眉頭：「你父皇還說要送一筆天下最厚重的嫁妝給你，嗯，這是你父皇親口說的，不信你回去問他。」

這……趙佶錯愕，隨即吸了口氣，再之後放下記事本，頹然靠在椅上。

又被沈傲這傢伙占了便宜！

趙佶搖頭，這一句話趙佶從未提及，可是沈傲卻說了，而安寧也聽了。這便是說，若是沒有天下最厚重的嫁妝，自己就失信於安寧，雖說自己並未發出過這樣的承諾。

「咳咳……」趙佶拚命咳嗽，眼睛又忍不住落到那一行話上，這句話真正厲害之處就在於趙佶明知沈傲是假傳聖旨，也絕不可能去爭辯，總不能將安寧叫來，對她說，沈傲那個混帳騙了你，朕並不準備給你置辦天下最豐厚的嫁妝吧。

趙佶有一種吃了蒼蠅，吞又吞不下，吐又吐不出來的感覺。

「來人……」

立即有小內侍應聲進來：「陛下。」

「去查，天下最豐厚的嫁妝是多少，查清楚，古往今來，王侯將相，天家嫁女，都要查清楚，弄錯了，小心你們的腦袋。」

天下最豐厚的嫁妝？這個該怎麼查？這小內侍懵了，鼓動著喉嚨，期期艾艾地問：「陛下……」

趙佶打斷他，不耐煩地道：「諒你們也查不出，立即發中旨去翰林院吧，那些學究反正也閒來無事，讓他們去翻閱古籍。」

「還有，再發一道旨意給沈監造，罵，朕要狠狠地罵他，拿筆墨來，朕要親自動筆，哼，不像話，太不像話了。」

沈傲被罵了，罵得腦袋滿頭包，大庭廣眾之下，他帶著幾十個官吏去接旨意，隨即那念旨意的太監便是破口大罵，從三皇五帝講到忠義禮信，包羅萬象，沒有聖旨裏頭不罵的，先是說他不忠，不忠的理由很搞笑，原因是沈傲沒有及時清查造作局的案子，不能為君父分憂。

「……」沈傲無語，他在這裏忙前忙後，為國家聚財，到了那混帳皇帝口裏，倒成了懶懶懈怠了，豈有此理。

接著是說不義，理由也是千奇百怪，很有栽贓的意味；再後來就是不仁、不信之類，臨末了，還安了一個不孝的名頭。

沈傲忍不住破口大罵：我的爹媽都不在這個世界，我孝個鬼啊孝！

不過，最終他還是忍住了，忠孝禮儀罵完了，仍不解恨，還有更絕的，慢慢從三皇五帝開始，把所有的壞蛋全部念叨一遍，最後得出一個結論，這些人已經壞得透頂，可是比起沈傲來，小巫見大巫。

虧得這太監有幾分氣力，洋洋灑灑數千言，竟被他一口氣念了出來，居然還不喘氣，笑咪咪地念完了，臨末加一句：「沈大人，多有得罪，接旨吧。」

沈傲只好灰頭土臉地去接旨，正色道：「多謝公公，這道聖旨罵得好，公公請回稟陛下，就說沈傲接了聖旨，很是感動，打算將這封聖旨裝裱起來，貼在客廳日夜觀摩，三省吾身。」

這公公哭笑不得地說：「沈大人知錯能改，陛下還是很喜愛沈大人的。」

這公公跟沈傲寒暄了幾句，便飛馬地回去向趙佶稟告。

趙佶正在喝茶，聽了這公公的話，滿口的茶水差點沒有一口噴出來，裝裱？還掛在大廳？沈傲這是玩唾面自乾的把戲？還是故意要讓他難堪？

趙佶沉著臉道：「不許他掛，再去一趟，把中旨取回來。」

這公公一時摸不著頭腦，只好又回去取，沈傲笑吟吟地看著這公公，讓這公公心裏頭有點兒發虛，才聽沈傲道：「聖旨嘛，已經不在了。」

「敢問沈大人，那聖旨在哪兒？」

「咳咳……我已經連夜八百里加急，送回家中先給我的夫人們觀摩，再叫她們裝裱起來日夜供奉了，公公請回吧！」

趙佶這下沒轍了，對方臉皮厚比城牆，一頓痛罵，他唾面自乾，還引以爲傲，當作了傳家寶。這中旨要是讓沈家傳下去，天知道是給沈傲長臉，還是教他趙佶爲後世人笑話。

這一頓君臣之間的硝煙告一段落，其實趙佶之所以生氣，終究還是不平安寧的事，總覺得沈傲占了他的便宜，有心想要撈回點好處來，誰知還是上了沈傲的惡當。

有了些許衝突作爲調劑，這二人在蘇州的生活也變得多彩了一些，這一陣交鋒，趙佶立即變成了聾子、啞巴，沈傲如何躍躍欲試，他也當作看不見聽不著，惹不起還是躲得起的，趙佶也不傻。

當然，這種關係也只限於朋友之間，若是換了別人敢這樣做，那就是欺君了。就如一個故事所說的那樣，同樣一個橘子，近臣先嘗了一口送給君王吃，君王心裏很是感動，覺得這近臣爲自己嘗鮮，是要將最好的橘子貢獻給自己。可若換了別人也如此這般，君王多半要勃然大怒，惡意的想，好大的膽子，竟敢將吃剩的橘子給我。

同樣的舉動，不同的人所享受的待遇不同。真正決定命運的不是言行而是親疏，關係決定命運。

幾日不見沈傲，趙佶又開始要打聽沈傲消息，在他看來，沈傲一日不鬧出點離譜的事來是不會消停的，怎麼這幾日都風平浪靜，莫非是轉了性子？他心裏暗暗搖頭，不敢相信。

問了楊戩，楊戩這兩日倒是去沈傲那裏走了一遭，立即答道：「陛下，沈傲最近在寫信。」

「寫信？」趙佶頓感不妙，不知是哪個倒楣鬼要收到沈傲的信：「都寫給誰？」

「寫的人多了，有童貫童公公，還有戶部侍郎諸人，零零總總，約莫有十幾個。」

「噢，原來沈傲交際如此廣泛？」

「廣泛倒是未必，教人頭痛倒是真的。」

趙佶哈哈一笑：「朕看沈傲怎麼叫童貫倒楣。」

他心裏頗爲痛快，總覺得自己被沈傲占了便宜，別人也理當吃一下沈傲的虧，否則那楞子淨是尋到朕的頭上來，心裏當然滿不是滋味。

歇養了幾日，他倒是氣定神閒，安下心來開始批閱從門下省送來的奏疏了，近幾日奏疏不少，堆積如山，內容卻大多是千篇一律，都是請罪。

上至蔡京，下到刑部、戶部、鴻臚寺，還有御史言官，每一個人都聲情並茂，認真悔過。

這個過，和花石綱擔著極大的干係，比如蔡京，他既然攬了三省事，如今爆出這麼一件驚天大案，他敢不請罪？蔡攸雖然早已和他反目，甚至在公開場合還巴不得這老傢伙早些入土爲安，可是蔡攸畢竟是他的兒子，打斷了骨頭連著筋，他能不請罪？再者說了，花石綱本就是蔡京慫恿著趙佶去辦的，如今風向大轉，蔡京也難辭其咎。

所以他的請罪奏疏最是懇切，又是說自己失察，又是說自己昏庸，最後是教子無方，道了千句萬句的臣有罪、臣萬死，教趙佶看了，不由悵然對楊戩道：

「這件弊案和太師的干係不大，虧得他這把年紀還要憂懼，他替朕當好這個家，已是不容易了，哎……」

唏噓一句，落下朱筆，寬慰了蔡京幾句，無非是說朕知道你勞苦功高，一時失察，也是爲政者常有之事，不必記掛在心上，至於蔡攸，朕看在太師的顏面上從輕發落，太師慢慢管教即是。

太師都自請處分了，其餘的小魚小蝦當然不敢懈怠，零零總總都是請罪悔過的，鴻臚寺和刑部說自己疏於監督，戶部說沒有監管住錢糧，言官說自己一時糊塗，可是相較起來，還是蔡京的請罪奏疏最是誠懇。

趙佶看得煩了，索性不再批閱下去，叫楊戩將奏疏搬出去，伸了個懶腰，小憩去了。

雖到了陽春三月，江南處處花紅草綠，可是在這熙河的天氣卻是變化無常，白日炙熱無比，可是一到夜裏卻是天寒地凍，只是偶有幾許樹叢中生出嫩芽，才讓人恍然已經到了春天。

童貫這幾日總是心驚肉跳，莫看他身材魁梧，卻是個心細如髮的人物，蘇州的消息已經傳來了，蔡攸徹底完蛋，堂堂一個太傅，就如死狗，一下子就成了階下囚，童貫已經預感到，今時已經不同往日，從前的手段到了如今已是不頂用了。

伴君如虎，童貫雖有聖眷，卻也不敢自信比蔡攸還厚重，蔡攸都徹底被掃地出門，他哪裡還敢玩恃寵而驕的把戲。所以這幾日他輾轉難眠，想的都是造作局的事，造作局那邊既然已經開始動手嚴查，攀扯到自己身上是肯定的，他脫不了干係。可是那沈傲會如何對付自個兒呢?這才是童貫的心病。

提心吊膽的等了今日，童貫今日緘默不言，只是叫人將童虎叫來，童虎是他的侄子，如今過繼給他做了義子，許多事，童貫都和他商量著辦。

童虎如今才三十出頭，身材繼承了童貫的魁梧，一臉落腮鬍，同時也有童貫的幾分心細，莫看他長得凶神惡煞，卻是童貫跟前的智囊。不管是行軍打仗，還是檢點後勤糧秣，許多事，童貫不放心假手他人，寧可叫童虎去辦，一來增長他的見識，二來他們之間也不必有什麼顧忌，該說不該說的都可以毫無戒心的說出來。

「虎兒，這封信，你先看看再說。」童貫坐了一會兒，將案上的信箋一推。

童虎接過了信箋，翻開來看了看，信是沈傲寫的，他只是看了落款，便忍不住抬眸道：「爹，沈傲既然寄了信來，可見事情還有迴旋的餘地。」

童貫只是淡然一笑，闔目道：「你先看了信再說。」

這是一封熱情洋溢的書信，沈傲信中的態度既謙恭又客氣，俱言童公公在邊鎮立下的赫赫戰功。這裏頭倒是沒有虛言的成分，童貫行伍十幾年，作戰勇猛，又能團結將士，還真立下不少功勞。沈傲這些好話，倒不至於拍在馬腿上。

童虎看到這一處，心下疑惑：「這個沈傲，為何言辭這般客氣？莫非是我們看錯了他，他本就是個客氣的人？」只這一閃即逝的念頭，童虎隨即暗暗搖頭，這人若是客氣，就不會有這麼多人栽在他手裏了。

此後，信中的沈傲話鋒一轉，便提到了一個人，說是造作局一個贓官，名叫莊嚴，竟敢說他貪瀆是童公公指使的，每年童公公從他身上撈了一大筆好處去。

童虎眸光一厲，冷笑道：「我早說過這個莊嚴不可靠，是個軟骨頭，原來早已將我們賣了。」

童貫並不接話，只是叫童虎繼續去看。

沈傲在信中慷慨言辭道：這個莊嚴，實在膽大包天，竟敢將汙水潑到童公公身上，實在該死。童公公為人清正，兩袖清風，下官很是敬仰，心嚮往之，豈會和這等人同流合汙，犯下滔天罪行。下官絕不會聽他胡說八道，已叫人抄沒了他的家財，夷平了他的三族……

看到此處，童虎嘆了口氣：「這個沈傲，果然雷厲風行，說殺就殺，便是叫我聽了，都不由喪膽。只是他這般維護父親，卻不知是什麼緣故。」

他好奇的繼續看下去，沈傲接下來繼續寫著：不過莊嚴既然攀咬到了童公公身上，按律，童公公還是出來自辯的好，否則若是有心人聽了，真當童公公是那莊嚴的同黨，百口莫辯，豈不是毀壞了公公的清譽。

最後一句話更是奇怪，竟是將莊嚴抄沒的家財數額列了出來，如金一千三百兩，銀四千九百兩，錢鈔七百九十萬貫，另計珍寶無算，折合總計一千一百萬貫。

童虎吁了口氣：「數額之大，看得連我都心驚肉跳了，這莊嚴倒還真有幾分本事，每年四處孝敬，還能積下如此巨額家財，可惜，如今全落那沈傲手裏了。」

童貫不動聲色道：「虎兒，你怎麼看？」

童虎沉吟道：「沈傲這是追贓來了。」

「不錯，確實是追贓，他這是先禮後兵，叫我們乖乖把東西吐出來，如若不然，那莊嚴就是榜樣。」

「他這份書信雖然言辭懇切，其實不過是給父親一個下臺的階梯，父親，我們該怎麼辦？」

童貫道：「敬酒當然要吃，否則吃了罰酒便是萬劫不復。這個人如日中天，不能得罪，該還的，就還回去。留了這身性命要緊。」

童虎想不到義父這麼快示弱：「我們退多少回去？」

童貫苦笑：「你沒看他列出來的清單嗎？莊嚴貪瀆的銀錢總計一千一百萬貫，他列出這清單來做什麼？哼，他這是有的放矢，意思是告訴我們，莊嚴是我們的走狗，尚且能抄沒出這麼多家財，我們是莊嚴的幕後推手，是主謀，退贓的數額，絕不能比一千一百萬貫少。」

童虎怒氣沖沖的拍案道：「原來如此，我還道他故意列出這清單來做什麼，原來是敲竹槓來了，莊嚴能撈到這麼多錢，我們難道也拿了這麼多？還只多不少，這幾年父親從造作局那邊，滿打滿算也不過拿了七八百萬貫出來，多餘的四百萬貫，豈不是教我們倒貼？」

童貫確實冤枉，造作局雖是他主持起來的，可是那時候，他還沒有得到聖眷，全憑著蔡京的舉薦，才得以利用造作局一步步爬升，所以上下打點下來，蔡京那邊反而拿的是大頭，還有蔡攸、梁師成以及戶部、御史台、刑部、鴻臚寺，真正落到童貫自己手裏的，總共也不過幾百萬貫。

其實這個道理是人都明白，一個州府，真正能撈得最多的，不一定是知府，說不定只是個下面的都頭、押司都比知府的多，因為不管是訴訟還是丈量田畝、收取賦稅，都不是知府親自過問。童貫就是這個冤大頭，冤枉得很。

沈傲的信裏，意思再明確不過，連一個造作局供奉都抄出了一千三百萬貫，童公公自己思量，到底打算吐出多少來。

童貫頗有些哭笑不得，拿得少了，沈傲那邊天知道會採取什麼措施，皇帝就在沈傲的跟前，想怎麼編排就怎麼編排，依著沈傲整治蔡攸的步驟，童貫自知要倒大楣的；可是要給多，這錢又該從哪裡來？

童貫嘆了口氣，對童虎道：「虎兒，你去汴京，能變賣的東西就變賣，湊個一千二百萬的數來，實在不行，就告貸一些，這錢，我們出，而且還不能耽擱，我立即給這沈傲回信，陛下那邊的請罪疏還不夠誠懇，再上一道。」

童貫的語氣堅決，好不拖泥帶水，還覺得有些不保險，又道：

「不如這樣，你親自把錢鈔送過去，去見沈傲，要對他恭敬一些，該磕頭的磕頭，要真誠悔過。此外，還要去尋楊戩，跟他敘敘我和他的舊誼，多備些禮物，請楊公公替我周旋，他與沈傲是最親近的，有他出面，就好辦了。」

童虎聽了，很是不平地道：「爹，咱們還怕他一個沈傲？該退的我們退回去就是，何必要如此低聲下氣。」

「你不懂！」童貫一雙錐入囊中的眸子閃爍著，剛正的臉上忽明忽暗，厲聲道：「這個人，我們惹不起，你沒看到蔡攸的下場嗎？這是前車之鑑，就好像這賭檔裏的賭鬥，現在是他在坐莊，氣勢如虹，我們要避其鋒芒。」

童虎怏怏不樂地頷首點頭：「那我立即先去一趟汴京，再轉道蘇州去。爹還有什麼吩咐嗎？」

童貫想了想，道：「虎兒，爹這輩子只能在邊鎮了，你還有大好的前程，蔡京那邊，我越來越感覺靠不住了，蔡京這個人太貪，雖然做事滴水不漏，可是早晚要栽跟頭的。所以這一趟叫你去，不止是要抹平造作局的干係，還要你和那沈傲照照面，該巴結的要巴結，沈傲這個人，前程不可限量，如今他是占盡了天時地利，你不要耍什麼心氣，到了那裏不比邊鎮，懂了嗎？」

童虎心知童貫是爲他的前程，感激涕零地道：「孩兒明白。」

「去吧。」童貫揮揮手，隨即又道：「爹在這裏爲你搭橋，邊軍沉寂了太久，如今又是多事之秋，西夏人屢屢挑釁，是該給他們一個教訓，等到捷報傳過去，陛下和沈傲那邊也好說話一些。聯遼是沈傲提出來的國策，是他的立足之本，我們爲他促成此事，給西夏人一點教訓，讓他的聯遼大策得以順利，他應當會賣我們這個人情。」

「父親已經有十全的把握了嗎？」

童貫冷笑了一聲道：「把握？哼，這件事我早就謀劃好了，西夏人自從與金人締結了盟約，屢屢分兵來騷擾，我嚴令各部不得出戰，西夏人現在多半以爲我們怕了他們，膽子越來越大了，幾千人就敢深入腹地，明日我便嚴令各部堵截，斬個千人首級下來，就是大功。你安心去吧，這裏有我。」

待童貫言辭懇切地回了信，沈傲大是振奮，所謂痛打落水狗，造作局這邊是完了，可是無數根通往汴京的絲線還沒有斷，沈傲如今一邊練行書，一邊四處給人寫信，寫給戶部尚書的信裏就是這樣說，童公公已經幡然悔悟，願折銀一千二百萬貫納入國庫，如今有造作局某某某，說大人也與造作局有關聯，大人品行高潔，怎麼會做這種事，鄙人是斷然不信，非但如此，還打算上疏給大人辯護等等等等。

人家看了這信，自然要嚇一跳，連童公公都服了軟，蔡大人都栽了跟頭，你憑什麼去跟人家鬥？這還是輕的，人家不是說了嗎？某某某已經攀咬到了你的身上，人證都是現成的，還說要上疏到皇帝那裏去辯護，這哪裡是辯護啊，本來什麼事都沒有，沈楞子上一道為你辯護的奏疏，不就是此地無銀三百兩了嗎？看上去這位沈楞子是給你方便，其實是把你往火坑裏推啊。

於是不敢耽擱，立即寫回信，說多謝沈大人的好意，其實這錢……哈哈……說句實在話，當時一時糊塗，確實拿了一些，錢當然要退，錢正在籌措，容寬限幾天。然後又說花石綱之弊實在是對國家有害，虧得沈大人挺身而出，還國家一個安寧。

信中的言辭當然要懇切，最好還是以老朋友打哈哈的口氣，一口掩過自己和造作局的干係，最後還一定要囑咐一句：沈大人的仗義，鄙人早有耳聞，上疏辯護的事就不必了，實在感謝沈大人的好意。

當然，攀關係自不可少，若是能扯點關係，就一定要往大裏說，比如說過幾日周國公請喝酒，公務繁忙，本不想去，可是國公與鄙人是世誼，推脫不掉的。又或者說：周博士（**國子監的老師**）這幾日老是提及了你，說能教出你這般的弟子一生無憾，鄙人與周博士是兒女親家，哈哈，周博士博學多聞，教出來的兒子我很喜歡……

這些老狐狸，一個個比一個狡猾，一個風向不對，立即腳底抹油，所謂君子不立危牆，可見他們都是聖人的好弟子，聖人說的話，他們一句都沒有忘記。

於是汴京城裏掀起賣房賣地的風潮，還有各種奇珍古玩，原先都是藏在家裏連看都不許人看的傳家寶，如今都拿出來賣，一時脫不了手，賤賣了也要換成現錢。

其實許多人早已忘了從造作局拿了多少錢，又該退回多少去，不過人人都怕變成後進，報的數目比別人少了，一個不好，蘇州那邊不滿意，那就賠了夫人又折兵，丟官棄爵不說，小命能不能留下還是個未知數。

這一邊在賣地，翰林院裏也不敢閒著，不管是什麼大學士、學士、侍讀、侍詔、侍講，人人都忙碌起來，一本本古籍翻出來，全是研究嫁妝的，比如漢時的嫁妝規格是多少，哪個公主出嫁的嫁妝最豐厚，算到現在，折銀又該多少。

這些糊塗帳要清出來，沒有個十天半個月，只怕連頭緒都理不出。所以整個汴京，每個人都很忙碌，以往見了面，總是昂頭挺胸，帶著些許氣定神閒的樣子打個招呼：吃了嗎？或者說今日都閒了些什麼？可是如今，照了面也只是一句，兄台多擔待，鄙人還有些事要理。

如此一來，邃雅山房的生意明顯少了一些，各大府邸都在忙，公子哥們見父親如此，當然也不能閒著。

第一六二章
人不可貌相

女俠上下打量吳三兒一眼，美眸恍惚了一下：

「真是人不可貌相，海水不可斗量，原來你就是流星蝴蝶劍？

久仰久仰，前輩大隱隱於市，能耐得過這份寂寞，實在讓人欽佩。」

二話不說，手從後肩一拉，拉出長劍。

那吳三兒見生意零落了幾分，心裏頭有點兒不爽，卻偏偏有人來了，來人是個絕美的女子，穿著勁裝，身材矯健，背後背負著一件布條包裹的長柄物，讓人一看，就知道這是凶器無疑。

這樣的女子，門口守門的人不敢攔，她徑直走到櫃台前，嬌呼一聲：「哪個是流星蝴蝶劍吳三兒吳前輩？」

吳三兒瞪大眼，上下在來人身上打量：「姑娘是……」

雪白的嫩手狠狠在櫃台上一拍：「說話爽利點兒，叫吳老前輩來。」

吳三兒雙腿打顫，朝店裏幾個夥計打眼色，叫他們來幫自己解圍，那幾個夥計當作沒有看見，來者不善啊，別瞧人家是個小姑娘，可是滿口都是黑話，一看就不是那種尋常的市井潑皮，衝過去不是找死嗎？

「姑……姑娘……，這裏吳老前輩沒有，掌櫃吳三兒倒是有一個，我就是。」

女俠上下打量吳三兒一眼，美眸恍惚了一下：

「真是人不可貌相，海水不可斗量，原來你就是流星蝴蝶劍？久仰久仰，前輩大隱隱於市，能耐得過這份寂寞，實在讓人欽佩。」

二話不說，女俠輕輕一抖，手從後肩一拉，那包裹著長劍的布條落下，露出劍柄，拉出長劍，反握在手裏，女俠目光晶瑩閃爍，如臨大敵：「那麼就請吳老前輩賜教，本姑娘要看看，這汴京第一劍手厲害，還是我們燕雲的劍手更勝一籌，請賜教吧。」

吳三兒雙手壓在算盤珠子上，眼珠子都要突出來了，嘴巴張得足以吞下一個雞蛋，一動不動：「……」

「怎麼？前輩不屑和本姑娘動手嗎？」

「……」

「前輩莫要欺人太甚，本姑娘雖然是後進，卻也自認有與前輩過招的資格。」俏臉一緊，女俠已是怒不可遏，手中的長劍挽了一朵劍花，劍尖直對吳三兒的咽喉。

吳三兒淚流滿面，他雙膝一軟，大聲嚎啕：「女俠饒命，小人上有八十老母，下有……」

花石綱的弊案，猶如一陣狂風，將整個江南吹得千瘡百孔，官場人人自危，最終還是偃旗息鼓，消停下來。

數百個官員，有的從輕發落，有的不予追究，有的抄家滅族，硬生生地爲國庫增添了十億的財富，一時國庫充盈，彷彿又回到趙佶即位時的時候。

裁撤花石綱，非但增加了國庫的收入，最重要的是運河得以安寧，商船再不必爲了躲避花石船而東躲西藏。一時之間，運河的河道裏一帆帆商船、遊船逐漸增多，原先寧願走海路也不願跑河運的船隻，如今紛紛選擇了運河，揚帆千里，商貿往來不絕。

沈傲卸了差事，立即來了新旨意，仍敕沈傲爲鴻臚寺寺卿，任少傅。

少傅只是虛職，實職還是沒有變，仍是鴻臚寺職事官，沈傲領了旨意，立即去謝恩，到了知府衙門，那邊趙佶讓人傳話，不見！

不見就不見，沈傲很乾脆，撥了馬就要往回走，剛剛翻上馬，又有個太監追上來：「沈大人，沈大人，陛下說了，請你覲見。」

一會說不見，一會又說見，怎麼這麼囉嗦，沈傲瞪了瞪眼，又重新落馬，前去覲見。

趙佶仍在看奏疏，見沈傲來了，故意不去理他，沈傲也只能乾站著，足足過了一個時辰，腿腳已經酸麻，沈傲後知後覺，才知道皇帝這是尋仇，便乾脆和趙佶比耐力，咬著牙站著。

時間差不多了，趙佶自以爲自己占了回便宜，才招招手：「來坐。」

沈傲坐下，摸了摸酸麻的腿，笑呵呵地道：「陛下，微臣是來謝恩的。」

趙佶頷首點頭，道：「恩就不必謝了，朕不指望你謝。」

這一句很沒頭腦，趙佶繼續道：「這一次你爲朕清理了花石綱，是大功一件，朕也沒什麼可賞你的，一切的事，還是等回了汴京再說吧！這一次叫你來，是和你商量南巡的事。」

「陛下請說，微臣聽著呢。」

趙佶頷首點頭：「朕雖是出了宮，可到了蘇州，還沒有在宮裏自在，仍舊是這麼多眼睛盯著，朕很不自在。所以呢，朕打算微服去廬山。」

「微服？」

「就帶上幾十個人去，其餘的人還留在蘇州。」

「陛下……」

「你不必勸朕，勸也沒有用，朕好不容易出來一趟，豈能敗興而歸？」

「不是，這件事，臣是極力贊成的。」沈傲興奮地搓著手，絲毫沒有反對的意思。

趙佶露出不解之色。

沈傲繼續道：「陛下這一路來鋪張浪費不說，還造成了許多的不便，況且這麼多人跟著，真指望護衛？既是護衛，有幾十個高手貼身保護就已足夠，斷不會發生什麼危險。不過這件事若是傳出去，反對的聲音一定很激烈倒是真的。」

趙佶咳嗽一聲：「朕也知道會有人反對，你鬼主意多，就爲朕想個辦法吧。」

沈傲搖頭：「我若是想了，那些人的矛頭豈不是對著我來？這種事，還是陛下自己斟酌吧。」

趙佶闔目，想了想：「那我們溜出去。」

「……」

趙佶道：「你爲什麼不說話？」

「微臣什麼都不知道，什麼都不能說。」

趙佶嘆了口氣，道：「你去看看安寧吧，這件事朕自己拿主意。」

沈傲應命，出了寢室，便看到楊戩在屋簷下候著，沈傲過去朝他打招呼，楊戩笑嘻嘻地道：「沈傲，童貫的書信，你接到了嗎？」

沈傲頷首點頭：「接到了，這童貫是屬泥鰍的，滑不溜秋。」

「童貫的事，看在咱家的薄面上就算了吧！這個人倒不全是個壞人，不必和他太計較。」

沈傲頷首點頭：「好。」

楊戩拉著他笑：「沈傲如今已非同凡響了，雖沒有領三省事，可是比起蔡京來更是威風，不過樹大招風，木秀於林風必摧之，你還是小心一些。」

聽楊戩安囑了幾句後，沈傲才去見安寧，陪著安寧說了會兒話，便回去歇了。

到了夜裏，涼風習習，沈傲睡下不久，就聽到有人來見他，來人是個禁軍，見了沈傲，立即行禮，道：「沈大人，陛下請你去知府衙門有話說。」
這個時候，能有什麼事？
沈傲點了點頭，披了衣衫，要去馬房牽馬，禁軍道：「陛下已經派了轎子來接，這馬嘛，沈大人就不必騎了。」
「難道你不知道騎馬是我的愛好？」沈傲反問他一句，讓這禁軍一時語塞，只是笑著道：「夜裏騎馬不便，還是坐轎好些。」
沈傲無奈，只好聽從他的安排，坐上轎子，在轎中小憩一會，等他精神奕奕的醒來，轎子還在動，也不知是什麼時辰，掀簾一看，媽呀一聲，這才發現，轎子去的方向不是知府衙門，卻是到了荒郊野外。
夜黑風高殺人夜，莫非……
沈傲大叫停轎，轎夫卻是不停，反而加快了速度，過了片刻，才穩穩停下，沈傲掀簾出來，才發現這裏有不少人，其中一個穿著尋常的儒衫，騎著高頭大馬，朝著他笑。
「晉王，你這是做什麼？」沈傲無語，坐在大馬上的人不是趙宗是誰？這傢伙最喜歡胡鬧的，竟是把自己綁來了這荒郊野嶺，天知道他要玩什麼把戲。
趙宗嘻嘻哈哈地道：「哈哈，沈傲來了就好，抱歉，這是陛下的主意，陛下打算微服出巡，叫你相陪，不得已，只好委屈你了。」

沈傲才知道上了當，趙佶要微服出巡，他沒有意見，可是綁了自己來，那問題可就大了，到時候，不明真相的人還當是他慫恿皇帝微服出巡的，少不得會集中火力朝他開火。

可是木已成舟，心知趙宗不會讓他回城的，沈傲苦笑道：「陛下呢？」

「就在前頭，你隨我來。」

這一下，沈傲連坐轎的待遇都沒有了，有人給他牽來一匹馬，隨著趙宗及十幾個護衛策馬前奔，到了前方一處集鎮客棧才停住。趙宗帶著沈傲在客棧二樓一處廂房裏，沈傲進去，才看到已在這裏等候多時的趙佶。

「陛下，你害苦微臣了。」沈傲一見他，立即大倒苦水，這麼大的黑鍋，明擺著是要讓自己來背，真要人命。

趙佶不許他訴苦，打斷他：「朕不會虧待你的，你怕個什麼？就算有人彈劾，朕不去理會不就是了？至於那罵名……」

趙佶笑得很得意，好像終於占了一個大便宜似的，道：「反正你的名聲早已臭了，不知有多少人在背地裏罵你，朕早有耳聞，不在乎多這麼一條。」

沈傲心裏想：那是當然，你是皇帝，身邊圍繞的是一群近臣，這些近臣因為我損害了他們的利益，當然不會說什麼好話。可是在民間，自己的名聲還是很響亮的。

趙佶興致勃勃地讓人取了地圖來，對沈傲道：

「這一趟去廬山，朕已經有了計較，我們先經宣州、池州、饒州到都昌，再經水路到洪州，再折返往北，抵南康星子，登山之後，徑直北上回京。朕想過了，這一路有山有水，既可欣賞沿途的風景，又可體察民情，一舉兩得，有你們陪伴，朕一路也不寂寞，這一趟還帶了百餘禁軍來，都是精挑細選的勇武之士，可確保安全。」

沈傲無話可說，勉強地點了點頭。

趙佶又道：「你也不必沮喪，這一趟回去，朕已經想好了，安寧下嫁你的事應該會有眉目，哎，朕並不想讓你做乘龍快婿，只是你與安寧……哎……」

他說一句話就嘆一句，最終還是道：「這樣也好，朕雖然對你不滿意，不過論起學問，你倒還配得上朕的女兒。」

沈傲只是乾笑，抿嘴不語。

趙佶見他這樣，便道：「你一定奇怪，朕爲什麼和你說這些話？」

沈傲點頭。

趙佶懶懶地抬抬手，從桌上撿起幾份奏疏，道：「你自己看吧。」

沈傲打開奏疏，落款之人只是幾個不知名的言官，奏疏裏這樣說的：微臣聽說安寧帝姬與沈大人關係曖昧，這件事早已流傳甚廣，陛下應早做決斷，否則……

沈傲眸光閃動，一時驚愕，這幾個人膽子倒是頗大，竟是敢議論起宮禁之事了。他們上這樣的奏疏，卻恰好成全了沈傲的美事。他們說流傳甚廣，就是說自己和安寧的事早已天下皆知，皇帝若是不將安寧嫁給自己，就堵不住天下人悠悠之口。

只是……沈傲又認真地看了這幾個言官的名字，須知在朝廷裏混，尤其是趙佶一朝的朝廷，哪一個的背後都不是簡單的，誰都有一棵大樹，他們的一言一行，多少受著背後之人的控制。

這幾個人沈傲沒有印象，那麼應當不是舊黨的，既然如此，爲什麼冒著這麼大的風險成人美事？莫不是想要趁機巴結自己？

不對，不對，沈傲暗暗搖頭，不像，一點都不像。要巴結，也該先給自己通通氣才是。

趙佶不動聲色地道：「這幾個人，朕記得是蔡京的門生。」

沈傲聽了，不知趙佶到底是什麼用意，將奏疏奉還，故意不動聲色地點點頭。

趙佶坐下，道：「蔡京叫人這麼做，看來也是想和你重歸於好了。這樣也好，你們本就該多多親近。」

蔡京要和自己交好？沈傲心裏冷笑，自己是他仇敵的門生，又狠狠地陰過他，這一次連他兒子都被自己整了，再無翻身餘地，雖說蔡攸與蔡京關係不睦，可是打了蔡攸，豈不也是打了蔡京的臉?他會肯和自己冰釋前嫌，那才怪了。

其實以往的仇怨倒也罷了，搞政治的，哪一個不懂得利益高於一切的道理，偏偏沈傲的利益與蔡京不同，二人，一個新黨魁首，一個舊黨中堅，這一次沈傲推倒了造作局，對蔡京來說，損失不可估算。兩個人的鬥爭已經沒有任何迴旋的餘地，任何示好，一定會有其他的目的。

駙馬?沈傲眸光一閃，有了幾分頭緒，最重要的是這駙馬上，一旦與安寧結了親，自己就是駙馬都尉，按照大宋的祖制，駙馬都尉屬於外戚，外戚是不能得到重任的，只可恩養，卻無實權。

莫非這蔡京是要借著安寧將自己趕出朝廷，趕出政治決策的中心?

這倒是一手好棋，明面上是向自己示好，讓趙佶對蔡京的心胸更爲敬服，另一方面，卻一勞永逸的解決掉自己，一旦離開了朝廷，掛著個駙馬都尉的閒散爵位，幾乎等於是讓沈傲混吃等死了。

沈傲笑了笑，道:「陛下，蔡大人雍容大度是朝廷裏出了名的，他既肯成全微臣，微臣倒是真心地感激他。」

在趙佶面前，沈傲當然不能「以小人之心度君子之腹」，倒不如先說他幾句好話比較實在，反正安寧，他是必定要娶的，蔡京的這一波進攻，暫時可以走一步看一步。

趙佶聽到沈傲說蔡京的好話，連連點頭：「對，你能這樣想，朕很高興。說起來，蔡京的書畫也是極好的，不過他年紀大了，比不得你年輕力盛。」

他想了想，便又笑道：「現在想來，朕的安寧是不下嫁不行了，不過你也別得意，太后那邊過不去，照樣是不成的。」

沈傲點頭稱是。

陪著趙佶說了會兒話，趙佶的精神極好，精神奕奕，只是這夜半三更，沈傲早就疲倦了，趙佶見他困頓的樣子，揮揮手，放他去客棧開個房睡。

第二日清早，趙宗來將沈傲叫醒，興致勃勃的道：「沈傲，陛下叫我來叫醒你，咱們要出發了。」

沈傲趕鴨子上架，只好穿了衣衫，一行人扮作遠行的貨商，趙佶穿著件圓領員外衫，一副富戶的打扮，趙宗則是二爺，衣著與皇兄相似，沈傲則是一副書生打扮，其餘人或扮成腳夫。

眾人順著官道一路趕過去，趙佶興致勃勃，看著沿途的風景，有時停下來，揮毫作畫，他第一次享受這種異樣的「自由」，所以多了幾分孩子氣，甚至放下架子，與趙宗廝鬧了一會兒。

到了都昌，眾人登上碼頭包了一艘大船，經水路越過鄱陽湖直抵洪州。洪州是江西路最重要的城市，文風鼎盛，熱鬧非凡，逛了一天的街，大家尋了家客棧住下。趙佶當夜叫沈傲去欣賞他沿途的畫作，沈傲品鑑一番，有說好的，也有說不好的，在交流畫作方面，趙佶倒是很虛心，聽了沈傲一夜的教誨，直到天將拂曉才睡下。

到了下午，沈傲才起來，洗漱一番，走出房，便撞到趙宗帶著幾個禁軍回來，興致勃勃的說起方才街市上的趣事。

趙佶也起了床，昨夜未睡，今日醒來時仍舊困頓得很，便打消了出去遊玩的興致，草草用過飯，將沈傲叫來道：「這洪州是大城，倒是有不少去處，朕聽說洪州有個繩金塔，倒是想去看看，不如我們用過了晚飯一道去吧。」

沈傲笑道：「求神拜佛的地方有什麼好去的，不過去看看也好，反正陛下拿了主意，微臣聽旨意就是。」

趙佶也笑：「你這人便是如此，明明你也想去，卻又要說不去，倒像是朕要求你一樣。」

「微臣冤枉啊。」沈傲如竇娥，恨不能立即淚流滿面，好爲自己爭辯。

「不過這一次去，也不必帶太多人，叫兩個人跟著就是，待會兒你不要將此事告訴趙宗，他是個喳喳呼呼的性子。」

沈傲應下，又回臥房去休息了，用過了晚飯，趙佶故意對沈傲道：「沈傲，你隨朕到後園去走一走，我們就在這兒看看夜景。」說著帶了兩個禁衛，與沈傲一道到客棧的後園，自後門出去，問明了繩金塔的方向一路走去。

繩金塔始建於唐天祐年間，爲江南典型的磚木結構樓閣式塔，塔高二十餘丈，塔身爲七層八面，其朱欄青瓦，墨角淨牆及鑑金葫蘆型頂。

遠遠望去，那飄逸的飛簷，懸掛在簷下的銅鈴。還有那通身朱欄青瓦，古樸無華的淨牆，都蘊含著一股滄桑之感。

這裏位於進賢門不遠，因此一到夜間，更是熱鬧，不遠處就是夜市，雖是夜間，卻是燈火通明，雜耍的、唱戲的、兜售貨物的，紛湧而至，沈傲和趙佶在人群中閒逛。

趙佶頗有興致的左看看、右看看，片刻功夫，便是一處古玩攤上駐足，看了一會兒攤上的古玩，便忍不住對沈傲道：「都是些贗品，且造舊的手藝低劣，虧得還有人上當。」

沈傲只是笑，心裏想，你是皇帝，見過的珍玩無數，便是贗品，那也都是精雕細琢的極品，這種市井中的下三爛造舊工藝能入你的法眼那才怪了。扯了扯他，低聲道：

「陛……咳咳……王相公，不管真僞，這些話你也不能說出來，砸了人家的飯碗，小心貨郎尋我們拚命。」

趙佶高聲道：「那又如何？」

如何？沈傲覺得這傢伙很不可理喻，只好道：「算了，當我沒說。」

一路朝繩金塔過去，遠處隱隱傳來哭聲，便看到一個婦人穿著孝衣跪在地上，號啕大哭，道：「小女子隨丈夫來洪州投親……丈夫一命嗚呼……求諸位好心人賞一些盤纏……」

她哭得認真極了，偶有幾個零零碎碎的路人給她拋一兩個銅板，趙佶看得頗爲不忍，從袋裏摸出一張錢引來正要放過去，沈傲拉住他，對他低語道：「且先看看再說。」

趙佶手中拿著錢引懸在半空，正要快快收回，那婦人背後卻是幾個孔武的漢子，眼眸放光，又見沈傲阻住趙佶，便都恨恨然的瞪了沈傲一眼。

沈傲旁若無人，拉著趙佶便走，趙佶問：「這又是什麼緣故？」

「那幾個是騙子。」

「騙子？那婦人淒淒慘慘，哪裡像是騙子了。」

沈傲對趙佶無語，這傢伙完全沒有市井的經驗，哪知道騙子一個個都是活靈活現的，若是演得不細緻，如何能賺錢，其實看對方是否是騙子，只需看周圍有沒有同夥就是了，若是尋常的遊客，自然都是好奇的打量婦人，或者流露同情，或者陷入深思。可是騙子的同夥，卻不會將注意力放在騙子身上，而是四處亂瞟，打量遊客的一舉一動。

沈傲將這些話和趙佶說了，趙佶苦笑，抿嘴不語。

一直到了繩金塔下，這繩金塔大門緊閉，原來到了夜裏並不見香客，趙佶顯得頗有些失望，對沈傲道：「既然來了，只好隨處逛逛。」

沈傲頷首點頭，二人又回到人群去，有了方才的教訓，趙佶也學乖了，不再隨便發表議論。

恰在這時，便聽到有人爽朗大笑，趙佶循目看去，便見到一個公子哥帶著幾個家丁朝著一人大叫：「陸家又如何？可知道本公子是誰？哼，真是吃了豹子膽，本公子要的東西，也是你能搶得？」

那人頗有些不悅：「我已付了錢，這東西自然是我的。」

公子搖著摺扇大叫：「你好大的膽子！來，給他見識見識本公子的厲害。」

身後幾個家丁頓時應諾，將這人圍在正中，一個個捋起袖子摩拳擦掌。

趙佶不忍看下去，拉著沈傲走過去，不過，沈傲卻沒有多少俠骨柔腸，這種大魚吃小魚的事，每天都會發生，沈傲自認自己不是什麼動感超人，也不必負擔拯救人類的責任，只是趙佶這一拉，教他差點打了個趔趄，只好疾走幾步，才算平衡住身體，很不情願的過去，趙佶已經大叫：「光天化日，豈能動手打人？」

沈傲湊近了，才看清那公子的面目，那公子倒是長得挺俊秀，搖著扇子，頗有幾分佳公子的風采，只是他嘴角冷笑，面目猙獰，破壞了他的五官，這時候去看，就全然是一副衙內相了。

至於公子對面那人，一看便像是個生意人，穿著件圓領外衫，裏頭一件小襖子，約莫二十歲上下，一臉書卷氣息，眼裏看不到懦弱，反而有幾分不願低頭的骨氣。

趙佶一喊「光天化日，豈能動手打人」，沈傲便忍不住看看漆黑的天穹，怎麼也瞧不出有日頭來。

那公子暴怒，看到趙佶拉著沈傲過來，再看這二人也是商賈打扮，又是冷笑：「哼，你是什麼東西，也敢來管本公子的事？快滾開！」

沈傲上前，笑呵呵的道：「兄台息怒，不知是什麼事惹得大家不愉快？」

公子厭惡的看了沈傲一眼，道：「這些話也是你問的？」

沈傲抿嘴不語，瞥了臉色漆黑的趙佶一眼，心裏想，若是這個時候暴露了身分，那可不妙，還是不要惹事的好。打定了主意，臉上堆笑道：「問問罷了，公子不願說也就罷了。」隨即向那公子哥對面的人道：「兄台聽我一言，那東西既然這位公子要買下，索性就給了他吧，不知是什麼東西。」

這年輕人怒容隱去，客氣的對沈傲道：「是一件玉佩，本是我先買下的，可是這位馬知府的公子卻硬說他要了，學生氣憤不過，和他理論，是以才惹出了麻煩。」

說著拿出玉佩來，沈傲道：「能否給我看看？」

接過玉佩，沈傲上下端詳，這玉佩倒不是什麼稀罕物，平常得很，可是認真一看，倒是看出了端倪，這玉佩的樣式古樸，縫隙處又有塵泥，應當是件古物，雖然製造工藝不精細，年代卻是久遠，不禁訝然道：

「這莫非是商周的禮玉？稀罕，真稀罕，禮玉是商周時貴族相互贈送禮品的一種玉，這種玉在秦漢時還很普遍，用的玉質也不一定好，並不值什麼錢，可是放到如今，意義卻大是不同。難怪你們要爲了這玉爭吵了。」

年輕人看到沈傲竟一眼看出了玉的來歷，忍不住深望沈傲一眼：「鄙人足足看了半個時辰，才認出這玉的來歷，剛要結帳，這馬公子就來了，硬說他要買，才發生了爭執。」

馬公子大罵道：「哼，姓陸的，這裏不是學堂，也沒有先生護著你，你今日識相，就將玉給我，否則，今日不肯和你甘休。」

年輕人皺了皺眉頭，正要說話，沈傲已經先開口了：「既然馬公子要，索性就給他吧，一塊玉而已，何必要鬧得滿城風雨。」

經沈傲這般一說，那姓陸的青年有些猶豫，想了想才是道：「好，就聽公子一言，這玉佩，就給他了。」

將玉佩送至馬公子手裏，馬公子惡狠狠地瞪了沈傲一眼，覺得沈傲壞了他的好事，原本可以借著這個事由欺負姓陸的青年一頓，如今姓陸的示弱，倒是讓他不好再說什麼。

接過玉佩，馬公子朝著沈傲冷笑：「一看你便是外鄉人，多管閒事可要當心。在這洪州的地界得罪了我馬如龍，包你吃不了兜著走。」

沈傲淡淡一笑，不去理他，再囂張的人他也見識過，就他這樣的紈褲公子，他還真不放在眼裏，就是收拾這樣的貨色，也覺得是一件耗費力氣的事，對付這種人，還是無視得好。

地位不同，眼界也變得不同，沈傲淡淡一笑，卻有一種自內向外的上位者氣質，這當然不是什麼王八之氣，在馬公子眼裏，卻是倨傲無比。

馬公子一向很狂，遇到沈傲這樣更狂的，甚至連他的警告都不理睬，不由心中大恨。

此時趙佶帶來的兩個禁衛也不由尾隨過來，負手站在沈傲身後，馬如龍想了想，冷笑一聲：「走。」

說罷，馬公子帶著幾個家丁揚長而去。

第一六三章
一場好戲

二人商議定了，又各自回去歇息，

趙宗回來，見趙佶臉色不好，偷偷來問沈傲，沈傲笑嘻嘻地對他道：

「晉王，明日有一場好戲，想叫你來做主角，你肯不肯？」

趙宗拍著胸脯道：「是什麼好戲，你說便是。」

出了夜市，馬如龍突然停住腳，收攏扇子叫來一個家丁吩咐：「去跟著他們，看看他們在哪裡落腳，隨時來稟告。」

姓陸的青年解了圍，這青年頗有好感地給沈傲和趙佶抱手行禮，道：「多謝二位仗義相救，鄙人陸之辰，敢問二位高姓大名？」

趙佶撇撇嘴：「姓名就不必通報了。」

沈傲笑呵呵地道：「陸之辰？不知陸之章你認識嗎？」

「怎麼，公子認識之章？他是我的堂弟，去了汴京，一直都未回來，偶爾遞幾份家書，也都是言語閃爍，我的叔母還打算親自去汴京尋他，若是公子認識他，倒是想問些堂弟的近況。」

沈傲汗顏，不敢說陸之章被自己騙去做了編輯，哈哈笑道：「陸之章，汴京人都知道，文采很出眾的才子嘛。」

趙佶不願多糾纏，朝沈傲打了個眼色，這一切都看在陸之辰的眼裏，陸之辰道：「不知二位在哪裡落腳，今日夜深，不敢耽誤了你們，改日我親自去拜訪。」

沈傲將客棧的名字說了，與他告辭。

回去的路上，趙佶對沈傲道：「那個叫馬如龍的當真膽大極了，竟敢對朕無禮。」

沈傲倒是並不添油加醋，只是道：「他又不知陛下是誰，無禮是應當的，這天下無禮的人多了，陛下是天子，受不來這樣的氣，可是尋常百姓，隔三差五的，哪有不受人氣的，習慣了就好。」言外之意是說，這是你自己要微服私訪的，自找沒趣，我有什麼辦法。

趙佶受了氣，就不說話了，一路回去，各自回房睡了。

到了第二日清早，諸人商量著去哪裡遊玩，趙宗提議去象湖看荷塘，趙佶搖頭，不願意去，趙宗見趙佶沒有興致，便帶了人獨自去了。

卻說那馬如龍回到知府衙門，到了第二日，便有家丁偷偷來告，說是昨夜撞見的人乃是外地的遊客，包了一間客棧落腳，身價應當不菲，車馬就有數十輛，且還有幾匹馬，很是神駿。

這些話聽在馬如龍耳裏，冷笑一聲，道：「原來只是幾個商人，哼，和陸家一樣的貨色，他們多管閒事，那就讓他們看看我的厲害。」

對著家丁耳語幾句，那家丁點了頭，應命去了。

晌午，沈傲和趙佶同桌用飯，趙佶很喜歡洪州的藕粉，連飯都不肯吃了，只喝了兩碗藕粉，外加一碟米線，又恢復了精神：

「蘇州的糕點甜而過膩，唯有這洪州的藕粉和米線頗對朕的胃口，待回了汴京，朕要下一道旨意，將這兩樣吃食列爲貢品，好讓朕空閒時嘗嘗鮮。」

沈傲在前世是洪州人，對這兩樣小吃早已吃膩了，笑呵呵地道：「就怕陛下吃多了又不會喜歡了。」

趙佶微微一笑，道：「不許潑朕的冷水，話說回來，這一趟出巡，朕才知道一個小小知府公子，竟能有這般大的口氣。」說著搖頭，有些不敢相信。

在他眼裏，知府連螞蟻都不如，便是安撫使、轉運使，也算不得什麼大官，他哪裡知道，一個知府在自己管轄的地界，便是土皇帝，知府的兒子便是皇子，說幾句跋扈的話算得了什麼，少見多怪。

正唏噓著，卻有人要衝進來，門口的禁衛將外頭的人攔住，雙方發生衝突，趙佶皺眉：「發生了什麼事？」

沈傲道：「看看去。」

二人出去，看到一群差役將這裏圍住，言語之間很是囂張，紛紛拔出兵刃，高呼道：「大膽，官府搜查，你們也敢阻攔，吃了豹子膽嗎？」

禁衛將他們攔住，卻都沒有動手，等著皇帝的命令。

趙佶出來一看，頓時氣得七竅生煙，兩手顫抖著想要發作，沈傲卻朝他搖搖頭，道：「放他們進來搜吧。」

一旦與差役衝突，必然要暴露身分，而暴露身分，那麼這微服私巡也就玩不下去了，沈傲這一次背了黑鍋，沒道理玩到一半就熄火；這種的路數，沈傲見得多了，無非是昨夜遇到的那個馬如龍，故意要來找碴兒罷了。

放了官差進去，官差徑直到了後院，去查沈傲等人運來的貨物，他們打開烏油布，原以爲是什麼價值不菲的貨物，一看，卻全是一些稻稈，一時無語，見這麼多人押著許多貨物來，怎麼裏頭全是一些稻草？

其中一個都頭便頤指氣使地瞪了趙佶一眼，惡狠狠地道：

「你們來洪州，運的就是這個？」

趙佶懶得理他，冷哼一聲，沈傲道：「對，就是這個。」

都頭滿是懷疑，道：「哼，事出反常即爲妖，我看你們倒像假扮客商的反賊，否則怎麼會如此興師動眾，卻只運來這些不值錢的東西。」

沈傲呵呵笑道：「律法裏也沒說不許販運稻草是不是？大人太冤枉我們了。」

這都頭惱羞成怒，伸出手來：「我也不和你說這麼多了，實話告訴你，明日就是知府老爺的六十大壽，來往的客商都要送上喜錢，這錢，你們不出也得出，你們若是不給，那就少不得和我到衙門裏走一趟。」

「不知這知府過壽，要多少喜錢？」

都頭冷笑：「一百貫，你若是出不起，少不得我們自己去搜。」

趙佶怒道：「你們這是訛詐！」

都頭抱著手哈哈笑道：「訛詐？我是官你是民，訛詐的就是你，你能將我怎麼樣？」

趙佶沒見過這般囂張的，手指著都頭：「你……你……」

沈傲生怕發生衝突，笑呵呵地對一個禁軍道：「取一百貫來給他們。」

趙佶惡狠狠地道：「不許給。」

沈傲給他使眼色，趙佶抿抿嘴，不說話了。

禁軍取了一百貫錢來，交給都頭，都頭看了看錢引，大是得意，哈哈笑道：「這才像話。」說著帶著差役揚長而去。

趙佶狠狠跺腳，對沈傲道：「你……哎，世上竟有這樣的狗官和貪吏，竟是訛詐到朕的頭上來。」

沈傲笑呵呵地道：「陛下，這叫三十年河東，三十年河西，破點小財沒什麼，他拿了我們多少，叫他十倍百倍奉還就是，那知府不是明日要過壽嗎？哼哼，那我們明日就去送禮，給這知府祝壽。」

趙佶聽出沈傲的話外音，不由道：「祝壽？你是說去鬧他一場？這不好吧，朕若是現出了身分，只怕再不能微服了。」

沈傲道：「不必現出陛下的身分，我自有主意，陛下不要生氣，明日非但要讓那知府脫層皮，連帶著那馬如龍也一塊兒收拾。」

趙佶想到明日復仇，心裏暢快起來：「好，這一百貫，先寄放在那狗官身上。」

二人商議定了，又各自回去歇息，趙宗回來，見趙佶臉色不好，偷偷來問沈傲，沈傲笑嘻嘻地對他道：「晉王，明日有一場好戲，想叫你來做主角，你肯不肯？」

趙宗拍著胸脯道：「是什麼好戲，你說便是。」

沈傲低聲與趙宗耳語幾句，隨即笑呵呵地拍拍趙宗的背：「王爺敢不敢去做？」

趙宗本就是個胡來的性子，又聽沈傲問他敢不敢，立即道：「有什麼不敢的，那狗官敢得罪皇兄，便是得罪本王，我按著你的吩咐做就是。」說著笑嘻嘻地與沈傲寒暄幾句，出去遊玩了一天，已是人困馬乏，回屋睡了。

第二日清早，趙佶早早醒來，便讓人去叫沈傲來，興致勃勃地對沈傲道：「今日去尋那馬知府，快去用早飯吧。」

沈傲昨夜睡得晚，很是睏倦地伸伸懶腰，道：「離壽宴還早著呢，陛下這麼急做什麼。」

趙佶這才知道，原來人家的壽宴是在正午，這一大清早急不可耐地起來，還真有點兒過早了，只好打了個哈哈，道：「那朕再歇一會兒，等下你來叫朕。」他是恨透了知府父子，恨不得立即讓他們倒楣，只是時機不到，也只能耐心等候。

馬知府的別院位於洪州府衙不遠，隔著一條街坊即到；穿過一條大街，街道西側便是一座雄偉宏大的府邸，府邸兩旁擺著兩尊雄武石獅，石獅的頸脖處繫著紅色絲綢，煞是醒目。

府邸門口進出忙碌的僕人、差役不少，迎送賓客，端茶遞水，幫著客人停駐車馬、軟轎，一個個喜氣洋洋。

賓客們紛紛頂著烈陽到了，洪州的天氣一到春末，便逐漸炎熱起來，連大地都烘烤的冒著熱氣，雖都是穿著汗衫，搖著扇子，卻大多耐不住這熱氣，不少人已是大汗淋漓，紛紛用手巾抹汗，縱是如此，賓客到了府門，還是堆起笑容，抱拳奉上禮物道賀。

至於馬知府，此刻還沒有露面，重要的幾個客人，都已經先迎到了正廳落座，至於其他人，他也懶得伺候，只是打發了幾個長隨和衙役裏的押司去迎客；他上任兩年，按道理，地方官是不會在任上建別院的，這座府邸，還是別人贈送的禮物，平時他並不常來這裏，只是今日壽宴，賓客不少，衙門的後院狹小，因而才臨時過來。

他陪著貴賓說了幾句話，又趕回後院去，撞見馬如龍，對馬如龍道：「你在這兒瞎逛什麼，還不去陪幾個貴客說話。」

馬如龍笑呵呵地道：「爹，孩兒給你送壽禮呢。」說著手一抬，拿出塊玉佩來，道：「這是孩兒在夜市裏淘來的，請爹爹過目。」

馬如龍對斷玉之術倒是頗爲精通，闔目把玩一下，便看出了端倪，道：「夜市裏淘來的？你倒是有幾分眼色，好吧，這份禮爲父收了。」

馬如龍見機道：「不過爲了這塊玉佩，孩兒差點讓人欺負了。」

馬知府摸著手中的玉，淡淡地道：「欺負？誰敢欺負你？」

「是幾個客商，他們著實可恨，爹，你要爲孩兒做主。」

「客商！」馬知府點點頭：「壽宴之後再說吧，只要人還在洪州，也不怕他們跑了。」他淡淡地說，頗爲自負。

正在這時，有長隨過來道：「大人，門口有人叫大人去。」

馬知府不耐煩地道：「什麼人？沒看到本大人很忙嗎？」

這長隨汗顏地道：「大人，是幾個客商，說是有一件寶貝要獻上，給大人賀壽，只是他們說，這寶物只有當著大人的面才肯拿出來。」

馬如龍好奇地道：「是什麼寶貝這麼稀罕，孩兒倒是想見識見識。」

馬知府沉默片刻，雖然興致盎然，只道又是哪個要巴結他的客商爲了要面見弄出的噱頭，不過雖有嘩眾取寵之嫌，可是這件禮物一定非同凡響、獨樹一幟，否則也不敢輕易來獻醜，便道：「如龍，隨我去看看。」

這一對父子在長隨的指引下，一前一後到了府門，馬如龍眼尖，遠遠地看到門房處的幾個人頗爲眼熟，忍不住大叫道：「爹，就是他們，就是他們欺負了孩兒。」

馬知府沉著臉：「放肆，叫個什麼？人家是來送禮的，當著這麼多人的面，伸手不打笑臉人，不許叫。」

馬如龍這才不叫了，乖乖地跟著馬知府身後，惡狠狠地盯著對面的三個人，尤其是那個頂在烈日下膚色白皙、風采翩翩的少年，看他臉上掛著的笑，便覺得渾身不舒服。

來人正是趙佶、趙宗、沈傲三人，三人皆是穿著汗衫，扇著扇子，一看三人便知道是平日養尊處優的人，保養都不錯，往門房這兒一站，格外惹眼。

賓客們見馬知府來了，一個個笑臉吟吟地圍過去，有的遠遠就抱手作揖，有的口裏說著道賀的話，一時之間，等到馬知府走到沈傲等人身邊，已圍了烏壓壓的數十人，其餘的賓客看得奇怪，也紛紛湊過來，踮腳在後觀看。

馬知府擠出笑容，打量沈傲三人一眼，道：「噢，三位一看就不像是洪州人，是外來的客商嗎？鄙人大壽，三位有心來賀，有失遠迎，還望海涵。」

這一句話很客氣，人家來送禮，豈能連一句客氣話都不奉送，更何況瞧人家的口氣，這禮物一定豐厚無比，只看在這壽禮的面上，馬知府也不會怠慢。

沈傲笑呵呵地道：「大人客氣，鄙人的祖籍也是洪州，後來遷去了汴京，在汴京做了些小買賣，今日途經家鄉，早聞大人愛民如子，今日特來爲大人賀壽，送上一件大禮。」

馬知府哈哈大笑，聽了沈傲的奉承，捏著鬍鬚不肯鬆手，心裏想：「此人倒是識相，且看看他送的是什麼禮，若是這禮物貴重，就權且當他是個屁，放了。可要是不合本大人的心意，哼哼……」馬知府瞥了一旁的馬如龍一眼，心裏繼續想：「那就爲如龍報仇雪恥。」

馬如龍對沈傲抱有很大的敵意，冷笑道：「你拿禮物來看看。」

沈傲二話不說，掏出一方錦盒，只這錦盒，就讓不少人唏噓不已，紛紛伸著脖子看。

那馬知府更是識貨之人，看了這鑲嵌著金縷的盒子，心中不由一動，想：「只這盒子，便至少在百貫以上，看來這盒中之物，定然非同凡響了。」

沈傲在眾人驚異的目光中打開錦盒，待所有人看清盒中之物時，都不由愣住了。

鴉雀無聲，針落可聞！

所有人的眼睛都睜得大大的，一點聲息都不敢發出，有人偷偷去看馬知府的臉色，見他臉色頓變，扯著鬍子的手都不由僵了，擰著眉，似要大發雷霆之怒。許多人心中大叫不妙，還沒有人看過馬知府動這麼大的怒。

錦盒裏一隻橢圓的腦袋伸出來，這是一隻龜，更確切地說，是一隻長得頗有特色的小龜，小龜伸出三角腦袋，一雙墨綠的眼睛在四周逡巡，最後落到馬知府的身上。

而此刻的馬知府，憑著自己的涵養功夫，總算將那股心中升騰起來的怒火壓下，今日是他的壽誕，又當著這麼多賓客，雖是被沈傲耍了，可是要算賬也得緩緩再說。

「這就是你的禮物？」馬知府淡淡然地指著那無辜的小龜，語氣冷漠地問。

「不錯，這就是鄙人的禮物。」

「……」

「大人且聽鄙人一言。」沈傲見馬知府大怒，笑嘻嘻地道：「大人的官聲極好，遠近馳名，洪州百姓聽了大人的大名，都忍不住蹺起拇指，齊聲稱頌。所以大人在鄙人眼裏，便是青天大老爺，是文曲星下凡。」

賓客們紛紛頷首，心裏想，這個傢伙雖然送的禮不怎麼樣，可是人卻很伶俐，很會說話。縱是馬知府有天大的怒火，此刻也消了一小半，忍不住頷首點頭。

沈傲繼續道：「鄙人聽了大人要辦壽宴，心中卻大為惋惜，壽宴固然可喜，可是不知不覺中，大人豈不是又老了一歲？大人愛護百姓、兩袖清風，應該當一百年一千年的官兒，如此，才能造福更多的百姓。所以呢，鄙人便將大人看做了這隻烏龜，希望大人能像這烏龜一樣龜鶴遐壽、萬壽無疆！」

烏龜在古人的形象都以長壽得名，沈傲這般說，倒是很合時宜，用烏龜去比喻馬知府，倒也不算什麼罵人的話。

賓客們聽了，紛紛叫好，這個道：「馬知府延年益壽。」那個道：「知府大人龜年鶴壽。」

馬知府雖然大是失望，可是聽了賓客們的話，連忙呵呵一笑，拱手道：「諸位抬愛。」

眼看著馬知府就要放過沈傲，一旁的馬如龍心中大恨，心裏想：「這個傢伙伶牙俐齒，竟是連我爹都誆了去，不行，一定要收拾他。」

心裏打定了主意，再去看那龜，總覺得這龜有點不同，頓時醒悟，喜滋滋地指著龜道：「不對，你這不是烏龜，這是王八，烏龜是硬殼，殼面有裂狀紋；王八是軟殼，殼面光潔，你看看這東西，明明是軟殼，沒有殼痕，不是王八是什麼？」

他這一句提醒，所有人都去仔細打量這東西，立即幡然醒悟，原來這還真是王八，竟不知怎麼的，讓這客商當作了龜送了來。

沈傲立即板著臉道：「馬公子不要胡說，烏龜便是馬知府，馬知府便是烏龜，豈是王八！」

「明明就是王八！」

「是龜。」

「是王八！」

二人不顧體面，爭持起來，最後沈傲惱羞成怒地道：「這麼說馬知府是王八？」

「你看，連你都說這是王八，看你還如何抵賴！」

沈傲嘆氣：「馬知府是王八也好，王八壽命也不短，不是有句話說得好嗎？好人不長壽，王八活千年！」

眾人一開始被二人繞暈了，待他們醒悟過來，頓時哄堂大笑，原來馬知府是王八！而且這話還是馬公子口裏說出來的。不過很快，賓客發現馬知府已是勃然大怒，連忙收住笑板起臉，哪裡還再敢取笑，實在忍不住的，也只能偷偷掩嘴躲在人堆裏竊笑。

沈傲身後的趙佶，搖著扇子不禁莞爾，那趙宗卻是全無顧忌，哈哈大笑。

馬如龍自知自己丟人現眼，方才一時情急，只顧著爭辯，竟當眾出醜，罵到了自己父親的頭上，立即噤聲，縮了縮脖子。

馬知府齜牙冷笑，到了這個時候，他才確定，來人並不是來賀壽的，此刻再顧不得什麼體面了，厲聲道：「好，好一個口齒伶俐的狂徒，竟敢罵到本大人頭上，你今日既然來了，也就不必再走了。」

沈傲很無辜地道：「大人這是什麼話，明明是令公子言之鑿鑿說大人是王八，卻又爲何怪到了鄙人頭上，這裏有這麼多人，都可以來做個見證，鄙人哪裡罵過大人？」

賓客們都默不做聲，當然不肯爲沈傲作證。

馬知府冷冽一笑，道：「任你油嘴滑舌，巧舌如簧，別想走脫，來人，此人侮辱本官，立即拿捕他們，收押起來，待本大人辦完了壽誕，這筆賬再慢慢地算。」

府邸裏有不少前來幫忙的衙役，分佈在各處，這時聽了馬知府下令，立即有幾個差役排眾出來，應諾一聲，就要拿人。

沈傲臨危不懼，淡然笑道：「這倒是好笑了，鄙人好心來送龜，給大人討幾句吉利，想不到大人就是這樣待客的？」

「拿下！」馬知府不去理會沈傲，厲聲道。

「且慢！」沈傲身後的趙宗突然站出來，朗聲道：「要拿人也簡單，不過嘛，總要有個過得去的理由。」

「理由？」馬知府大笑：「本官拿你們這幾個客商還需要理由？你道你們是誰？」

「好大的口氣，看來馬大人當自己是官家了，便是官家，若是無理，也斷不敢隨意拿人。」

馬如龍大叫：「在洪州，我爹便是洪州的官家，你能如何？」

馬知府瞪了兒子一眼，暗怪他說話不知輕重，不過倒也不怕人告，這種事無憑無據，空口白說，誰也握不住把柄，倒也不怕人嚼舌根。

「混賬，還聽他囉嗦什麼，拿人！」馬知府不耐煩了，大叫一聲，指使幾個差役衝過去，正要先將沈傲拿住。

趙宗大叫：「馬知府草菅人命了！」

這一聲大叫，馬知府不以爲然，這是洪州，便是這幾個客商叫破了喉嚨，又能如何？捋著鬍鬚微微冷笑。

偏偏這個時候，卻突然有許多人衝過來，這些人個個人高馬大，都是汗衫馬褲，魁梧不凡，比之洪州府的廂軍更是英武許多。他們的人數不少，足有七八十人，蜂擁湧到沈傲身後，都是抱拳而立，朝著馬知府和差役怒目而視。

「你……你們……是什麼人？」馬知府嚇了一跳，臉色煞白，他心思一轉，心中駭然的想：「這些人來者不善，多半早有預謀，莫非是反賊嗎？」

幾個差役再不敢去拿沈傲了，一個個後退一步，明哲保身。

沈傲呵呵一笑，道：「知府大人，咱們話還是說清楚的好，你說我侮辱朝廷官員，可是我將大人比作龜鶴，又哪裡罵了你？反倒是令公子罵你是王八，明明是他辱罵朝廷命官，大人卻爲何冤枉到我頭上？」

這時賓客越來越多，不少差役也來了，見了沈傲兇神惡煞的人都不敢輕舉妄動，好好的一場壽宴，到了現在卻變成了一場對峙。馬知府此時已經感到不對，可是當著這麼多人的面，騎虎難下，只能硬撐到底：「哼，你帶這麼多人來，可是要造反嗎？」

沈傲板著臉道：「我造反不造反不知道，不過大人造反卻是有實證的，方才令公子說了，這洪州的官家便是大人，敢問大人這算不算是造反？」

馬知府冷笑道：「你再油嘴滑舌也沒有用，待廂軍來了，自有你哭的時候。」

沈傲撇撇嘴，朝向馬如龍笑了笑：「到底誰哭，還不一定呢。」

馬如龍大叫：「爹，還和他客氣什麼，爹爹一聲令下，立即將他們悉數拿了便是。」

馬知府卻是不動，心知這個時候動手，他並不占贏面，對方人數不少，而自己這邊只是一群差役，至於其他的賓客是指望不上的，只有以拖待變，等那廂軍來了再說。

足足過了半個時辰，雙方都駐足不動，這時才有許多廂軍過來，其中一個虞候騎著馬，帶著一隊步弓手過來，高聲道：「馬大人在哪裡？」

馬知府聽了，心中大喜，立即道：「本官在這裏，是朱虞候嗎？這裏有一群反賊，速速將他們拿下。」

那虞候慢吞吞的下了馬，帶著十幾個廂軍排眾過來，大手一揮：「將人拿下！」

馬知府心裏正得意，只聽那步弓手應諾一聲，便朝他過來，其中一個狠狠的給了他一個肘擊，另一人已反剪了他的手，拿了繩索將他捆得嚴實。

虞候大聲道：「都聽見了嗎？莫要拿走了反賊，此人的公子馬如龍也是脅從。」

馬如龍見了這個變故，一時呆了，大聲叫道：「朱叔叔，你不認得我了嗎？你拿我爹做什麼？」

只可惜朱虞候當真不認識他，立即朝著沈傲下拜：「末將見過沈大人，沈大人還有什麼吩咐？」

沈大人？賓客們先是一陣驚愕，想不到這客商原來也是個官。可是再看這朱虞候在沈傲面前乖巧的模樣，心中大驚，能支使廂軍捉拿知府，教朱虞候服服貼貼，此人定然大有來頭。

「這人莫非是沈傲沈大人嗎？」有人發出疑問。諸人一想，越想越覺得所料不差，一時都呆住了。

馬知府面色土灰，慌忙下拜道：「下官該死，該死……」

沈傲面無表情的冷笑一聲：「該死？該不該死我說了不算，你自己犯了什麼事，自己不知道嗎？」

馬知府不敢答，已是嚇癱了。至於那馬如龍，也是瑟瑟發抖，臉色蒼白。

沈傲叫廂軍先將馬知府父子押起來，聲言過幾日就會有聖旨來懲辦，那虞候接了命令，將沈傲交代的事辦好之後，又去沈傲落腳的客棧問安，可是一到客棧，卻發現已是人去樓空，尋了小二來問，才知道就在半個時辰之前，沈傲等人已經收拾了行李出城去了。

第一六四章
兩宮內鬥

欽慈太后乃是陛下的生母，地位崇高，在宮中地位與太皇太后不遑多讓，一個身分高貴，一個與陛下是血親，這兩個人主掌著後宮，偏偏王黼撞了過去，一不小心，竟是做了宮中兩后鬥爭的導火線。

卻說趙佶微服私訪，楊戩清早要去當值，卻是尋不到趙佶，一時嚇了一跳，又發現禁軍竟是一下子少了百人之多，尋了人來問，才知道陛下夜裏帶著人走了，至於去了哪裡，誰也不知。

楊戩心急如焚，打算去尋沈傲相商，可是一去，也是撲了個空，他心裏明白，陛下出巡，定然是連沈傲一道帶了去。

攤上這檔子事，楊戩也只有倒楣的份兒，這件事自然不能透露，否則讓所有人知道陛下獨自私訪，不說朝中會引起軒然大波，太后那邊也難以交代。更何況，此事若透露到亂黨手裏，說不定會惹出更大的事，他立即叫來幾個大太監商議了半上午，只好決定隱瞞此事，一面告誡侍衛、太監不得隨意透露任何風聲。另一面對外聲稱陛下身體有恙，決心靜養，因此任何人不得覲見。

這麼大的事，他捂也捂不住，這一邊暫時先瞞著，另一邊卻是立即叫人騎了快馬，前去給蔡京報信。蔡京是太師，總攬三省事，知會他一聲，多少可以叫他暫時穩住朝局，另一方面也多個人商量。

蔡京聽了消息，不由呆了呆，頓時警覺。在他看來，官家便是他最大的靠山，是萬萬不能出事的，若是真出了事，他這個太師難辭其咎，請辭致仕是必然的。因而一方面封鎖消息，一方面請王黼等同黨來商議。

等人都來齊了，一聽這個消息，王黼精神一振，欠身坐著的屁股拱起，起身道：「陛下、晉王、沈傲都不見了蹤影，不如將此事捅出來，一旦如此，我們便可一口咬定是沈傲拐了陛下去，到時言官紛紛上疏，細數沈傲的罪孽，沈傲這一次只怕大劫難逃。」

蔡京是昨夜收到的消息，今兒清早就把人叫來了，只是昨夜沒有睡好，臉色很差，勉強打起精神：「不可，能治沈傲的，只有陛下，如今陛下與沈傲在一起，便是天下人一起彈劾他，只要陛下不肯點這個頭，也只有前功盡棄的份。將明，老夫知道，你心裏頭對沈傲懷恨在心，只是君子報仇十年不晚，戒急用忍，才可徐徐圖之。」

王黼心裏冷哼著想：「你太師莫非不痛恨那沈傲，他屢屢與你作對倒也罷了，造作局的事，連令公子都栽在了這上頭，到了這個地步，太師竟還能穩坐釣魚臺，我卻不肯。」口裏道：「太師莫忘了，陛下也微服出巡了，眼下能治沈傲的，整個汴京只有兩個人。」

蔡京雙目一闔，顯然已經猜測到王黼的主意，道：「老夫再想想。」

王黼急切的道：「太師，不可再想了，趁著眼下這個時機，將那沈傲置於死地豈不是再好不過？若是再作壁上觀，早晚那沈傲要欺到太師頭上。」

蔡京嘆了口氣：「只怕內宮不肯。」

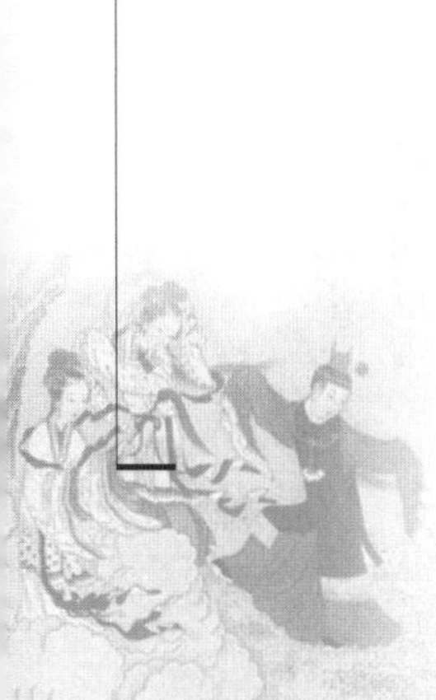

王黼所指的兩個人，都在內宮，一個是太皇太后，一個是太后，如今陛下已經不見了蹤影，天下事雖說不能由女人來處置，可是若得到內宮的懿旨，蔡京便可以立即以兩個女人的名義發佈通緝，甚至直接細數沈傲的罪名，立刻定罪。

王黼見蔡京猶豫，心知蔡京年歲大了，做事瞻前顧後，沒有十全的把握很難作出決策。咬咬牙道：「內宮裏頭肯不肯，一試就知，只要有懿旨，咱們再做些文章，便是陛下要保沈傲那廝，只怕也並不容易。」

蔡京捋著鬚，嘆道：「事情沒你想得這樣容易，直說了吧，便說太后與沈傲的關係不錯，太后會肯頒佈懿旨？」

王黼道：「太皇太后那邊或許可行。」

蔡京苦笑：「也不盡然，還是先等等再說吧。」說著揮揮手：「這件事咱們從長再議，老夫乏了。」

王黼心有不甘，可是太師不點頭，他也不敢貿然動手，出了蔡京的府邸，他心裏想著：「太師不敢動沈傲，我卻是不怕，現在那楞子已無人敢擋其鋒芒，再過個三五年，還有誰能制得住他？」

他回到府裏，心裏尚在猶豫，沉默了整整半個下午，終於作出了決定，叫人來道：「去，立即傳出消息，便說沈傲教唆陛下微服出巡，陛下如今與沈傲、晉王不知去向。」

說罷，他還覺得不肯放心，又補充一句：「所有大人，包括宮裏頭都要立即傳到，這件事，要鬧得滿城風雨才好。」

打發了人，王黼坐在客廳裏抱著茶一動不動，心中既激動又忐忑，能不能扳倒沈傲，一切只看這幾日了。他突然站起來，目光堅定有神，喃喃自語道：

「沈傲啊沈傲，若是老夫請了懿旨下來，看誰還能保你。」

汴京城已是多事之秋，可是一個重磅消息，不可避免地在這渾水中又激起一道駭浪：陛下不在蘇州，跑了！

堂堂天子，巡遊倒還能理解，可是微服巡遊卻是古今未見，須知天子巡狩四方，古已有之，所帶的侍衛、尾隨的官員，還有各種禁宮的器具都會準備妥貼。朝廷有奏疏，先傳至門下省，再派快馬至行鑾，如此一來，雖然皇帝巡遊四方，卻也不至荒廢了國政。

如今陛下突然在蘇州失蹤，雖然不一定有什麼閃失，可是一下子拋開國政，讓整個汴京六神無主起來。

這件事鬧得沸沸揚揚，失蹤的總共是三人，除了官家，還有晉王和沈傲，只看這陣容，所有人都知道這下說不定要出大事了，不管是晉王和沈傲，這二人是汴京城中最會來事的主兒，什麼事被這一對傢伙摻和進去，沒事變有事，小事更是要變大事的。

短暫的沉默之後，所有人的目光不由地落到了門下省和中書省，蔡太師和衛郡公會拿什麼主意，會採取什麼行動？

只是……那些試圖興風作浪、唯恐天下不亂的人不由暗暗失望，不管是蔡京還是石英，都選擇了沉默，甚至於這兩隻老狐狸，一下子變得密切無間起來，遞到門下省的奏疏，蔡京做了批示，立即叫人送去中書省審核，遇到了大事，更是親自請石英來一道商議，似乎三省風平浪靜，一點山雨欲來的先兆都不曾有。

太師這是怎麼了？按道理，這應當是他反擊的一次絕好機會，好事者等待了許久，也不見有任何動作出來，不由暗暗失望，覺得眼下的時局如蒙上一層陰影，無論如何都看不透。

就在這出奇的沉默之中，宮裏頭卻亂作了一團，臣子們可以有自己算盤，可以冷靜從容的各司其職。可是宮裏的女人卻不能等，最是憂心忡忡的自是太后，太后三番四次地叫人去打探消息，對蘇州那邊更是留上了心，在景泰宮裏，她心神不寧，連葉子牌都打得沒了精神，幾次想鎮定下來，叫來幾個宮娥嬪妃陪著打牌，可是打到一半，又將牌推到了桌上。

她只有兩個兒子，兩個兒子都不知所蹤，到了這個份上，她縱想擺出母儀天下的氣度，卻仍不免失態。

一大早，太后醒來問的第一件事，就是官家有了消息嗎？

陪著太后的貼身太監叫敬德，這老太監低眉順眼地答道：「蘇州那邊倒是有了消息，可是官家暫時還未有著落。」

太后的臉色頓時蒼白如紙，坐在榻上看似闔目養神，其實心裏早亂了，久久才是問道：「蘇州那邊傳來的是什麼消息？」

敬德道：「說是已經派了禁軍四處去尋，請宮裏頭放心，不出幾日，一定能得出消息來。」

太后嗔怒道：「放心？這叫哀家怎樣放心？官家貴爲天子，竟也這樣胡鬧！哼，哀家叫他出去爲他的皇弟祈福，他倒好，只顧著遊山玩水不說，還做出這樣的事。還有那晉王……」

說到晉王，太后也是一臉寒霜：「他平時在汴京胡鬧也就罷了，哀家體恤他，知道他的性子自小便是這樣，他畢竟是做臣子的，難道也跟官家去胡鬧？你等著瞧吧，那些言官肯定又有話說了，不知道的人，還道是哀家教子無方，不過，晉王妃那邊想必也是急了，叫個人去撫慰撫慰吧，她若是擔心，就叫她進宮來，女人之間總是能說上點話，相互尋些安慰也好。」

太后沉吟了半晌，說到沈傲時也不客氣：「沈傲也不是好東西，哀家算是瞧出來了，他和官家是狼狽為奸，這些污七八糟的事，都是他去借官家的膽兒，官家去借他的主意，這叫兩隻臭蟲在一起，臭味相投！」

敬德在一旁聽了，那繃著的神經不由鬆下來，心裏忍不住竊笑，天下也只有這位太后能說出這句話來，臭味相投……

太后瞪著忍俊不禁的敬德道：「你還愣著做什麼？快去找人，楊戩那邊哀家是不指望了，指不定那楊戩和官家也是一夥的，傳哀家的懿旨給江炳，花石綱不是裁撤了嗎？哀家這個弟弟反正也閒著，讓他去找！哼，還是自家的兄弟可靠些。」

敬德期期艾艾地道：「太后，今日清早，太皇太后那邊叫了王黼入宮。」

「王黼？王黼入宮做什麼？他一個少宰，入宮像什麼話？哼，真是越來越肆無忌憚了，這太皇太后當的，教人笑話。」

敬德繃著臉低聲道：「據說是王黼入宮，請太皇太后的懿旨，要治沈傲的罪，太皇太后那邊倒也沒有說什麼，應當是點了頭，就等懿旨出來了。」

太后想了想，道：「也好，這沈傲是該教訓教訓，這件事他也有份，當然不能輕饒了他，不管官家是不是他慫恿的，太皇太后不發懿旨，哀家也要發。」

敬德是楊戩的人，早前就得了楊戩的書信囑咐，要他留意宮中變故，此時聽到太后這般說，臉色驟變，連忙道：「太后不可啊，那太皇太后的懿旨裏，降罪沈傲倒也罷了，怕就怕她痛斥陛下出巡。」

太后頓時默然，道：「這麼說，哀家還要保著這沈傲了？」

「保自然不必保，不過沈傲待太后自是沒得說的，平時的供奉從未停過，莫說是逢年過節，便是在平日，偶爾也會來問安的，沈傲可是太后的人啊！」

太后頷首點頭：「你這句話倒是沒有說錯，這傢伙還是知禮的。」接著便陷入猶豫。沈傲和她的關係還是其次，真正讓太后擔心的是太皇太后的懿旨，若只是單純的降罪沈傲，太后也覺得是該給那小子一點教訓，怕就怕那懿旨連帶著官家南巡的事也一併寫進去，若是這懿旨發出，豈不是說官家出巡是錯的？

問題的關鍵便在於官家出巡，因爲官家出巡是太后的懿旨，若是痛斥出巡，豈不是當著天下人的面來打她這太后的臉？

太后冷笑道：「看來是有人唯恐天下不亂了，那個王黼也不是個好東西，哼，哀家早就看他不順眼了，宮裏的事，也是他一個外臣說得上話的嗎？他去尋太皇太后，又是什麼居心？有什麼事爲什麼不先知會哀家一句？」

敬德在旁道：「這王黼多半以爲宮裏頭太皇太后才是正主呢。」

這一句挑撥離間，著實厲害，太后本就心神不寧，這個時候臉色更是可怕，陰沉沉地道：「好，好得很，這樣的人，哀家還能留嗎？官家還能用？這個人你給哀家留意著，到時候再收拾他。」她頓了頓，便道：「太皇太后那邊也時刻叫人盯著，她宮裏頭不是有個叫王順兒的和你是同鄉嗎？叫他去打聽消息，有什麼風吹草動，哀家要第一個知道。這懿旨，哀家也要發，要搶在他們的前頭發。」

像是覺得還不解恨似的，太后突然冷冷地站起來，道：「按著我說的擬旨，就說陛下私巡，哀家憂心如焚……至於沈傲，也在懿旨中斥責，他身爲人臣，是該受罰，就罰俸一年吧，這叫避重就輕，先堵住宮裏頭那人的口。至於這最後，是對王黼說的，就說天家之事，也是外臣能夠議論的？叫他們管住自己的嘴，再胡說，哀家讓他們好看。」

莊嚴肅穆的正德門，數十名魁梧高大的禁軍一字排開，沿著牆根執戈佇立，迎著黃昏的光線，整個宮城折射出昏黃，紅色的宮門門洞大開，王黼從門洞裏出來，他穿著紫衣，腰間繫著玉帶，腳上穿著一對鹿皮金邊靴子，弓著身子出來，直到穿過門洞，才終於透了口氣。

遠處，他的馬夫已經趕著車久候多時，走到馬車邊去，他只是淡然道：「去蔡府。」便鑽入車簾，闔目不動。

見了一趟太皇太后，王黼心裏總算有了幾分底氣。原本他是想先去見太后的，可是太后宮裏的那太監敬德卻將他拒之門外，說是太后身子骨不爽朗，一下子回絕了。不得已，王黼想到了宮裏的另一個正主兒，便又去覲見了太皇太后。

好在太皇太后那邊聽了他的話，便勃然大怒，說陛下是沈傲教壞的，懿旨的事也已經敲定了，立即嚴旨捉拿沈傲，廢爲庶人、永不敘用。

坐在搖搖晃晃的馬車上，王黼拉開車簾，看到沿街的景物在昏黃的光線中慢慢的後退，心中不知是興奮還是忐忑，只覺得今日做出這些事不知是對是錯。不過他此刻靠在軟枕上，不由愜意地拍了拍腿，生出了幾許得意。

如今陛下暫時不見蹤影，那麼就是懿旨最大，太皇太后頒了懿旨出來，這場戲就有得瞧了。永不敘用四個字是板上釘釘的，這個懲處足以將沈傲置於死地，或者將他排斥出朝廷。

因爲就算陛下和沈傲回到汴京，沈傲仍然得到陛下的信任。可是身爲天子，又豈能更改太皇太后的懿旨？這豈不是說太皇太后錯了，又或者是證明陛下與太皇太后之間生了嫌隙？

王黼這一步最得意之處，就在於趁著權力真空的這一剎那，將生米煮成熟飯，只要懿旨公佈天下，那麼沈傲就再無翻案可能，莫說他沈傲無可奈何，就是陛下再如何寵幸那姓沈的，也不可能為了一個近臣與太皇太后唱反調。

「永不敘用，哼哼，這一次看你沈傲如何翻身！」王黼拉下窗簾，車廂中陷入昏暗。

馬車穩穩停在蔡府，王黼頂著一輪圓月下了車，望著這幽深的府邸以及門房處的大紅燈籠，隱隱的燈光露出來，在這靜籟無聲的夜裏頗有些詭異。

王黼對長隨使了個眼色，長隨頷首，帶著拜帖到門房處投遞。門房的人提著燈籠進入重重院落前去稟告。待過了半刻，便有一人出來。

來人是蔡棠，蔡棠和王黼是相熟的，此人是蔡絛的長子，算是眼下蔡家的嫡孫。蔡棠已年近四十，卻沒有入仕，許是受了蔡絛的牽連，另一方面只怕也是蔡京的意思。見到王黼，蔡棠立即大笑起來，朝王黼道：「少宰大人有失遠迎，恕罪，恕罪。」

王黼開門見山，道：「不知太師在不在府上。」

蔡棠頗有些為難，遲疑道：「在，只是……」

「只是什麼？」

「只是祖父說了，今日不見客，王大人，還是請回吧。」

不見客？王黼眼眸幽深，望著蔡棠追問道：「怎麼？太師身體有恙嗎？若是如此，我既來了，無論如何也要去探望。」

蔡棠搖頭：「祖父身體康健，並沒有染病。」

王黼聽了，心裏頗爲不悅，他與蔡京雖是同黨，可他畢竟貴爲少宰，與蔡京平輩論交，這一次蔡京起復，他是出了大力的。現在蔡京閉門謝客，莫不是知道自己要來拜訪，故意不肯和自己相見？

他本就是個老狐狸，心中猜疑不定，換了許多念頭，才故意慢吞吞的道：「哦？既然身體康健，卻爲什麼閉門不見我？」

蔡棠很是爲難，咬咬牙道：「王大人，實話和你說了吧，祖父不是不肯見你，而是不敢見。」

「不敢見？」

「祖父說了，王大人精明一世，糊塗一時，這一步棋走錯了。」

王黼心中暗暗吃驚，想：「莫不是蔡京已經知道我今日入了宮？」臉上古井無波，淡然道：「太師是怎麼說的？」

蔡棠將蔡京口中的隻言片語說出來，道：「祖父說的也不多，只是說王大人莫要將身家押在宮裏頭，小心引火焚身。」

王黼聽他這般說，更生出了一定要見蔡京的心思，道：「不如勞煩你再去稟告，就說門下王黼求見。」

蔡棠嘆了口氣，王黼不是別人，他的請求又如何推拒？只好進去，這一次回來，對王黼道：「王大人請進。」

王黼熟門熟路的隨著蔡棠進了一處小廳，剛剛過門，便看到蔡京屹然不動的坐在太師椅上闔目養神，立即行禮道：「太師。」

「噢，是將明啊，來，坐下說話吧。」

王黼欠身坐下，道：「太師的氣色好像差了些，要不要門下送些藥來……」

「不必。」蔡京直接打斷他，平時性子慢吞吞的老狐狸今日有些急不可耐，直接開門見山道：「你今日進宮去了？」

「是。」

「見到的是太皇太后吧。」

「太師神機妙算。」

「算不得神機妙算，太后跟前的太監是敬德，此人和楊戩是一鼻孔出氣的，對楊戩最是忠心耿耿。你要去見太后，他一定會從中作梗。太皇太后那邊怎麼說？」

王黼道：「太皇太后那邊倒是很贊成門下的建議，這件事畢竟不小，朝臣們早就心懷不滿了。陛下那邊自然不好說什麼，晉王位高權重，又是天子同胞兄弟，只有沈傲是個軟柿子，反正總要人來頂罪，太皇太后已經說了，過兩日就下懿旨，一定要懲戒那不知天高地厚的小子，以儆效尤。」

蔡京眼眸一張，迸發出一絲精光落在王黼身上，饒有深意的道：「王大人認爲是將太皇太后做了槍使呢，還是自己被太皇太后利用？」

這個問題有些突兀，且很不客氣，王黼畢竟是聰明人，微微一愣，道：「太師的意思是，太皇太后早就想收拾沈傲了，因此門下去尋了她，才一拍即合？」

經蔡京一提醒，王黼仔細回憶與太皇太后的奏對，心裏恍然大悟。

蔡京道：「太皇太后也是醉翁之意不在酒，她是要借著收拾沈傲的名目，去奚落欽慈太后，你連這些都不明白嗎？」

王黼冷汗淋漓，他原以爲自己利用了太皇太后，卻不知道太皇太后是要拿他做槍杆，表面上是去和沈傲爲敵，可是真正的對手卻成了太后。

欽慈太后乃是陛下的生母，地位崇高，在宮中地位與太皇太后不遑多讓，一個身分高貴，一個與陛下是血親，這兩個人主掌著後宮，偏偏王黼撞了過去，一不小心，竟是做了宮中兩后鬥爭的導火線。

王黼想通了此節，腦中豁然開朗，這才知道，自己竟真是糊塗，一心要去害沈傲，還巴望著去利用太皇太后，誰知一下子成了眾矢之的，成了太皇太后的馬前卒。那欽慈太后得知後，還不將他當作眼中釘、肉中刺？難怪太師方才不肯見他，太師是要明哲保身，不肯牽涉進那宮中的兩后爭鬥中去。

王黼不禁口唇青白，冷汗將他的後襟都浸濕了，他艱難地舔了舔乾癟的嘴唇道：「太師，爲今之計，門下該當如何？」

蔡京吁了口氣，叫人端了參湯來，用調羹慢慢的攪動著參湯道：「破釜沉舟，勇往直前！」

破釜沉舟……

王黼欠著身，有些無力道：「還請太師明示。」

「這宮裏已是兩虎相爭，你就算現在退縮，自信能保全自己嗎？你若是勇往直前，還有太皇太后站在你的身後。可是你後退一步，非但太后記恨你，便是太皇太后也會當你作是棄子，木已成舟，你已經沒有選擇了。」

王黼臉色灰白的頷首點頭。太師說得有道理，他已經無路可退了。咬咬牙：「那麼門下便做一回太皇太后的馬前卒又何妨。」

蔡京頷首點頭，揮揮手：「好啦，該說的老夫也說了，送客！」

他端起參湯，小心翼翼的用調羹餵服入口，再不理會王黼。

王黼咬咬牙：「太師，告辭了！」

王黼前腳一走，蔡京慢吞吞的喝完參湯，叫人用濕巾擦了嘴，危顫顫的道：「叫蔡棠來。」

蔡棠小心翼翼地進來：「祖父。」

蔡京有氣無力的躺在太師椅上，慢吞吞的道：「告訴門房，往後王黼再來，不須通報，也不用請他進來。還有，家裏頭誰和他聯繫緊密的，立即與他斷絕關係。前年他不是送了我一幅閻立本的《職貢圖》嗎？叫人送回去，順便把我送他的幾幅行書討回來。」

蔡棠道：「祖父，這樣做是不是太不近人情了？」

「你去辦吧，不要多問。」

第一六五章
醉翁之意不在酒

趙佶發了一通脾氣，臉色更是陰沉，
太皇太后的懿旨之中，雖然重重地打在沈傲身上，
可是言外之意，趙佶豈能不明白，
這是說趙佶不該出巡，皇帝出巡的事，是太后下的懿旨，
太皇太后這是醉翁之意不在酒。

洪州的事顯然沒有影響趙佶一行人的心情。離了洪州便一路向北到了星子縣縣城，這裏距離廬山不過數十里。只是那星子縣縣令聽說陛下出巡要來廬山，早就做好了準備，竟是派了人將整個前去廬山的路徑封鎖，讓這一行人只能望山興嘆。

趙佶一路來總是遇到許多不順心的事，聞言這縣令竟封鎖了廬山，又是一陣怒不可遏，倒是沈傲安慰他一陣，這才作罷。

趙佶現在才知道原來微服私訪並沒有想像中的悠閒自在，一下子成了「百姓」，才知道普通人的心酸，可見那些感嘆什麼何苦生在帝王家的傢伙，都是吃飽了撐著的抒情文人。連帝王都何苦，那平民百姓豈不要一個個去死？

悄悄的在廬山腳下遊覽一番，趙佶已失去了最後一點興趣，並沒有預想中的那樣當場潑墨作畫，只有一種身心透支的疲憊。

倒是沈傲和趙宗仍是精神奕奕，這一路，沈傲引誘趙宗打葉子牌，趙宗已欠了沈傲七千貫，從此見了沈傲這個債主，趙宗便渾身不自在。

眾人回到星子縣，叫人去亮明了身分，那星子縣縣令立即趕來迎駕，趙佶根本沒有興趣見他，直接叫他拿了份邸報來，看最近朝廷的動向。

「太師這幾日辛苦了。」趙佶放下邸報時，不由感慨：「想必朝廷裏已鬧翻了天，虧得他還在主持大局，將言官的奏疏壓下來。」

沈傲在旁一聽，並不發表意見。

趙佶忽而問他：「沈傲，你看看你，離太師還差得遠呢，看看太師如何處置國政的，事無巨細，滴水不漏。將來太師致仕，朕再難尋到這樣的左右臂了。」

稀裡糊塗被趙佶訓斥一頓，沈傲大是委屈，真是躺著也中槍，實在沒有天理，義正言辭的道：「陛下，在其位謀其政，微臣在鴻臚寺做得也不是很好嗎？」

趙佶淡淡然道：「好是好，就是太鬧，三天看不到你，你準是去上房揭瓦了。朕在宮裏頭，你隔了幾日不覲見，心裏就有些發慌，知道你一定要鬧出事來。還是太師懂規矩，不用朕操心。」

見沈傲有點兒沮喪，趙佶又道：「其實在朕心裏，蔡京是個全才，而你呢，是個奇才，兩不相干，也不好比較。這些事你不要記在心上。」繼續翻了翻邸報，隨即笑道：「童貫那邊倒是打了個勝仗，斬首七百，你來看看。」

沈傲接過邸報，果然看到童貫在熙河的消息，反正是一些誘敵深入、重重圍堵之類的話，最終擊潰西夏一部，大勝而歸。

趙佶笑道：「好得很，聯遼是我大宋的國策，西夏人與金人狼狽為奸，是該好好教訓教訓，叫他們不要輕舉妄動。」隨即面色一板，指著下一條邸報的消息道：「只不過事情沒有這麼簡單，西夏人的國使已經到了汴京，說是我大宋破壞宋夏和議，要我們給他們一個交代，哼，真是無恥之尤。」

雖說宋遼、金夏各自結盟，可是宋夏之間也曾有過議和盟約，雖說一直以來雙方的邊界相互爭端不斷，可是這和議的架子總算還能維持，如今雙方爆發了激烈衝突，西夏人先聲奪人也是難免的。

沈傲笑道：「理他們做什麼，不過依微臣看，童貫公公這一次還真是打痛了西夏人，否則西夏人不會叫得這般厲害。」

趙佶頷首點頭：「讓他們叫一叫就是了，朕不理他們。」

趙佶想了想，繼續道：「朕出來了這麼久，也是時候回京了，這一趟出來看了許多景色，也看盡了人間冷暖，倒是長了不少見識。」

「陛下打算什麼時候回京？」

「明日一早就走，從這裏坐船回程。」

「是不是先知會下去，叫那星子縣做好準備？」

「你去吧。」

返程的路上少了來時的新鮮，坐上了船，心境與來時不同，趙佶迎風佇立在甲板，手搭在船舷，眼眸深遠望著向後退去的沿岸景色，一時默然。

「沈傲。」

沈傲在旁叼著自製的牙籤曬太陽，聽到趙佶叫他，懶洋洋的道：「微臣在。」

趙佶思緒連翩，道：「這一趟私巡，朕反而心情更低落了，你來說說看，這是爲什麼？」

沈傲心裏腹誹：「我又不是你肚子裏的蛔蟲，天知道是爲什麼。」口裏道：「或許是在陛下眼裏，這天下與陛下想像的不同吧。」

趙佶含笑道：「只說對了一半。」嘆口氣，扶著船舷走了幾步道：「比如那造作局瞞上欺下，還有那洪州知府囂張跋扈，這些人真是無藥可救，朕絕饒不了他們。」

他頓了頓：「朕這時才明白神宗先帝的苦心了，不革新，大宋只怕難以爲繼啊。」

難得這個皇帝如此認真的和沈傲討論國政，沈傲捋了捋被風兒吹亂的一縷髮絲，望著遠處的孤山出神。

「沈傲，你爲什麼不說話？」

沈傲想了想：「微臣無話可說。」

「嗯？」

沈傲道：「這些事不是微臣能夠議論的。」

趙佶又好氣又好笑：「平時見你膽子這麼大，這個時候倒是謹慎了。」

沈傲搖頭，認真道：「不是不敢議論，只是微臣才疏學淺，想議論而不得。」

改制？談何容易，如此沉重的話題，沈傲擔不起這個干係。這句話他倒是夠中肯，古往今來，有幾個改革家有好下場的？這倒也罷了，最重要的問題是，在沈傲心裏，大宋的國體已經足夠超前，不說周邊那些茹毛飲血的異族，就是世界上其他的幾大文明古國，都還處在最野蠻的國體中。比如現在的西洋，還處在全面的黑暗中世紀時期，施行的國體，居然還是一千年前老祖宗早已不玩的分封制，伯爵的兒子還是伯爵，男爵的兒子仍是男爵，一個國家，永遠都是那麼幾個血統的人控制著。而大宋的文官體制影響深遠，就是在千年之後，整個世界還在玩它剩下的東西。這樣的國體，怎麼改？

至於什麼資本主義萌芽和工業革命，若是換作沈傲還很年輕很單純的時候，或許他會想盡辦法去試一試。只可惜他現在雖然仍舊很年輕，可是已不再單純。任何東西失去了現實的基礎，都不過是一群見識短淺的人意淫罷了。

不說別的，大宋承平日久，人口諸多，可是宋人不比後世的英吉利人，英吉利敢把農民趕到城市中去，國王可以頒佈法令，在城市中找不到工作的農民將處於絞刑，可是換了大宋，這個法令出來，只怕天下早有人登高振臂高呼：「今亡亦死，舉大計亦死，等死，死國可乎？」於是無數人紛紛振臂大叫「同去、同去」了。

更何況英吉利人把良田變為草場，養羊去建立紡織工廠，賺了錢之後，還可以向國外購買糧食以促進循環。可是大宋若是拋棄良田全部去種植桑樹製造絲綢，就算賺來了金山銀山，又去哪裡購買動輒數百萬數千萬戶人口的口糧？到時一旦糧產不足，便是烽火四起的時候。

那些幻想所謂資本萌芽、邯鄲學步的人，無非只是幼稚罷了，總認爲套上了一個理論模型，便可一勞永逸。

沈傲任過縣尉，又擔任過鴻臚寺正卿，心裏想的只有現實二字，至於那不切實際的幻想是沒多少興致的。

趙佶嘆了口氣：「既然新法也不成，朕倒是想效仿神宗先帝，去尋第二個王介甫了。蔡太師不成，他雖推崇新法，膽魄卻是不大，沒有商鞅和王介甫的魄力。」

沈傲心裏暗暗腹誹：「蔡太師治國當然沒有這個魄力，可是論起撈錢和整人來，世上再沒有人比他更有魄力了。」微微一笑，對趙佶道：「陛下爲什麼一定要去尋新法呢？」

趙佶奇怪的看著沈傲：「沒有新法，如何革新政弊？」

「那麼陛下認爲，古往今來，誰的新法最是好？」

對於這個，趙佶倒是一時答不上來。

沈傲道：「最好的新法是王莽的改制，在微臣看來，王莽確實是個天才，他提出來的新法若是能得以實施，新朝萬世一系也並非沒有可能。」

趙佶訝然：「是嗎？可是……」

沈傲打斷趙佶道：「不必可是，只是因爲王莽的新法過於完美，所以各地反而激起了民變，結果他卻落了個國破家亡的下場。」

想到千年前的王莽，沈傲不由吁了口氣，心裏不由得想：「那王莽八成和自己一樣是個穿越人士，可惜這傢伙好好的穿越還不知足，偏偏要玩幼稚的政治把戲，不完蛋才有鬼了。」

這個新鮮的理論讓趙佶目瞪口呆，雖說大臣之中倡議守祖宗之法的人不少，可是沈傲的道理卻讓他難以消化。

「如此說來，那商鞅變法也是錯的？」趙佶畢竟一直倡議新法，否則新黨不會在他即位之後把持朝政，對沈傲的話頗有些不以爲然。

沈傲搖頭：「沒有錯，商鞅和王莽的區別就在於一個字——簡。法不在繁複，而在於簡易。就如律法一樣，當年漢高祖入咸陽，與父老約法三章；殺人者死，傷人及盜抵罪，從此關中迅速安定。而恰恰相反，隋煬帝即位之後，立即叫人重修大隋律，簡單的律令變得複雜，結果卻是群盜四起，這是爲什麼？」

趙佶沉默，心裏想：「方才這傢伙還說微臣不能議論，可是議論起來卻是一發不可收拾。」不過對沈傲的宏論，趙佶卻不得不服氣，人家引經據典，說辭一套一套，趙佶就算不以爲然，也不得不佩服的口舌厲害。

沈傲繼續道：「微臣在做縣尉的時候，時常會遇到這種情況，由於律法過於複雜，且又模稜兩可，訴訟和被狀告之人往往產生糾紛，不得不去請訟師。須知這訟師是要花錢請的，於是富人往往有訟師去爲他們辯護，而窮人卻連一份狀紙都遞不上。那麼請問陛下，窮人與富人的官司是富人的勝算大呢，還是窮人的勝算大呢？」

趙佶沉吟道：「自然是富人。」

沈傲笑呵呵的繼續問：「這就是了，訟師精通宋律，口舌又厲害，就是顛倒黑白，指鹿爲馬，推官也不一定能分辨，如此一來，窮人自然就倒楣了。此外，宋律之中有一項罪叫通姦，律法中判決是輕則刺配，重則問斬。只是這罪名的輕重該由誰去判斷？當然是推官，於是又有一個現象，富人犯了事，暗中使了銀子，那麼推官往往就會選擇輕判，而若是窮人犯了事，因爲沒有門路，最後往往量刑最重。」

趙佶第一次聽說這些門道，失笑道：「聽你這般說，律法越繁複，反而越不公正？」

沈傲斷然道：「國體也是如此，就如那王莽，雖然設計的新法繁複無比，可是有一樣他卻忘了，豪強是可以鑽空子的，而普通的百姓又去哪裡鑽空子？所以他的新法雖然看似完美，結果卻是漏洞百出，可笑之極。反而商鞅的變法條理簡單，最終成就了秦人的霸業。所以在微臣看來，陛下變法，實在是緣木求魚，與其如此，倒不如簡法。」

「簡法？」

「就是把現有的法度儘量刪減，使百姓通俗易懂，只有讓訟師消亡，才是最大的公正。這就是爲什麼歷朝以來，國家初創時，國體明明簡陋，其國力卻是不斷增強。等到法度越來越完善，反而弊病叢生的原因。」

沈傲也不知道自己說的是對是錯，他不過是結合自己的實際體驗，提出了自己的看法。至於趙佶願意不願意接受，他是不管的。雖說天下興亡匹夫有責，可是天下興亡並不是一個穿越者的智慧就能左右，任何一個國家都會有興衰的一日，古往今來莫不如此，他要做的，不過是顧著眼前，儘量的做好自己的事，至於五百年後的事，他自認自己沒有這個能力去管，那是動感超人和空想家們的事，不在他的範疇之內。

趙佶深思了片刻：「朕要好好斟酌一二。」

這一路來，沈傲和趙佶的對話不知凡幾，有時論書談畫，有時談古論今，偶爾板著臉看著邸報談些朝廷中的國政，直到半個月之後，鑾駕終於抵達汴京，從舢板裏下來，便看到碼頭處黑壓壓迎駕的人群，一下子望不到盡頭。

趙佶不禁苦笑，對沈傲道：「走下這舢板，朕有一種恍如隔世的感觸，這才想起，原來朕是天子，並不是個浪跡天涯的旅客。」

沈傲咳嗽，很單純的道：「陛下，安寧的事該抓緊辦了。」

趙佶板著臉：「剛剛下船你催問個什麼？朕已經說過，此事朕是不管的，你要問，該問太后去。」

沈傲臉皮厚，立即打蛇隨棍上：「那我現在就隨陛下入宮，去給太后問安。」

趙佶搖頭，負著手當先步入棧橋，拿這個傢伙一副沒有辦法的樣子。

直入宮中，先是進了文景閣。雖說舟車勞頓，趙佶還是強打精神，先看看近來汴京的新鮮事。

依靠在軟榻上，叫沈傲到榻前坐下，那堆積如山的奏疏搬上來，趙佶正要翻看，一旁伺候的小內侍道：「有兩份懿旨，陛下要不要看？」

「懿旨？」趙佶雙眸一閃，流露出些許憂慮。

小內侍將懿旨拿來，趙佶先是看了第一份懿旨，片刻之後，抬眸對沈傲笑道：「你來看看，母后在申飭你呢。」

沈傲接過懿旨，懿旨裏的言辭果然不太客氣，倒像是她的一對活寶兒子犯的事，全是自己挑唆的一樣。不過罵歸罵，終究還是避重就輕，只說自己頑劣，還沒有到居心叵測的程度，最後的處罰是罰俸一年，罰俸？沈傲最不怕的就是這個，就是朝廷一輩子不給自己支薪水，他也一點不擔心。

所以這份懿旨和趙佶的聖旨一樣，都是高高揚起，輕輕放下，沈傲哂然一笑道：「陛下可要爲微臣做主，微臣冤枉死了，明明是陛下綁了我去私巡的，怎麼到頭來，微臣倒成了罪人。」

趙佶呵呵一笑，帶著歉意道：「這個黑鍋，你還得爲朕背著，朕是天子，天子豈能犯錯？」

沈傲鬱悶極了，卻又無可奈何，天知道這理論是誰發明的，虧得趙佶還能理直氣壯說出口。

趙佶又去看第二道懿旨，臉上還帶著與沈傲說閒話的笑意，可是看到後頭，那臉色緊繃起來，眼眸中閃過一絲焦慮。

放下懿旨，趙佶沉吟半晌，坐在榻上發愣，突然向沈傲道：「沈傲，朕聽說你和太皇太后有嫌隙？」

沈傲想了想，道：「是有些誤會。」

趙佶嘆了口氣，道：「你自己看吧。」

這一次不是將懿旨送到沈傲手上去，而是將懿旨拋在榻前的案上，沈傲從案上撿起懿旨，展開看了看，才發現兩份懿旨的不同。

太后和太皇太后在懿旨的開頭處都差不多，大多都是大罵沈傲的，只是太后那份懿旨畢竟還懂得避重就輕，可是太皇太后就不同了，直截了當地聲明皇帝出巡本已是大錯，是不務正業，至於對沈傲，更是加了一句「大奸大滑如趙高者也」這一行字，趙高是什麼東西？是誰都看得明白，這一頂大帽子下來，足以用禍國殃民來形容了。太皇太后懿旨最後一段話更是將沈傲置於死地，罷官剝爵，永不敘用。

沈傲放下懿旨，只能沉默。

太皇太后的地位實在崇高，可以說沒有她，趙佶這個端王就不可能登上皇位，趙佶對她不能忤逆，一旦忤逆，天下人會怎麼說？

這一招夠狠，沈傲不相信深處禁宮的太皇太后有這閒心來處置自己，雖然二人早有心結在先，卻還不足以讓太皇太后痛下殺手，若不是有人在背後策應，太皇太后不會有這個魄力。

最大的問題是，太皇太后身後的人是誰？這就不得不讓沈傲引起警惕；他相信，這一道懿旨只是頭陣，真正厲害的殺招還在後頭。

「陛下，蔡太師求見。」小內侍進來通稟。

趙佶臉色陰沉地道：「叫他進來。」

「那麼微臣先行告退。」沈傲覺得極大的可能便是蔡京在背後搗鬼，這個時候應當避嫌，省得對著那傢伙，自己的性子發作出來，當場錘他一頓那就不好了，當著皇帝的面毆打個半截入土的老人，終歸是不太體面的事。

趙佶擺擺手：「你坐著就是。」

沈傲只能點點頭，不再勉強。

過不多時，老態龍鍾的蔡京危顫顫地進來，喘了口氣，俯身道：「陛下。」

趙佶忙叫人賜坐，還特意叫人在座椅上加了軟墊，待蔡京慢吞吞地坐下，趙佶才道：「這幾日朕不在，太師辛苦了。」

蔡京恭謹無比地道：「這些都是老臣該盡的本分，老臣不敢居功。」喘了口氣，眼角的餘光瞥了沈傲一眼，繼續道：「更何況，陛下好不容易出一趟京城，好好透透氣，老臣爲陛下在京中分憂，心裏頭也爽朗一些。」

沈傲在旁聽了，心裏想：「這傢伙拍起馬屁還真不流於表面，這一句雖然直白，卻也夠無恥的，皇帝開心了，老臣心裏也舒暢了，腰不酸腿不痛，走路幹活有勁了，這蔡京果然是屬狐狸的。」

趙佶臉色舒緩：「懿旨的事你知道嗎？」

蔡京眼眸一沉，正色道：「老臣知道。」

「朕問你，太皇太后好端端的在宮中，是誰挑唆她下的懿旨？」

蔡京面色如常，如實地道：「是王黼。」

「原來是他。」趙佶眼眸中閃過一絲不快，微不可聞地冷哼一聲。

聽到王黼二字，沈傲倒不覺得意外，真正意外的是，蔡京爲什麼會直接供出自己的同黨來，莫非這蔡京完全沒有參與此事？或者是蔡京急於要撇清自己的關係？

沈傲想了想，也理不出頭緒，只是端坐著不動。

蔡京苦笑道：「老臣也勸過了，可是王黼不聽，說是事關社稷，雖千萬人吾往矣。」

趙佶臉色更是冷漠，沈傲在心裏咒罵，明明是個王八蛋，還要給自己立牌坊，要給老子栽贓就直說，還說什麼千萬人吾往矣，不知道的人，還當你這孫子是維護地球和平的動感超人呢。

蔡京微微抬眸看了一眼趙佶的臉色，咳嗽一聲道：「陛下也不必憂心，太皇太后那邊勸一勸，過了氣頭也就好了。至於王黼，他也是一時糊塗……」

「他是一時糊塗？」趙佶終於發作，厲聲道：「他這是嘩眾取寵，是唯恐天下不亂，他自己捫心問問，朕是如何待他的？如今他倒是好了，竟敢牽涉進宮闈裏頭來了，依朕看，王黼他是尸位素餐久了，以爲自己了不得了。」

蔡京連忙俯身道：「陛下說得是……是……」額頭上冷汗滲出，危顫顫地掏出手巾去擦汗。

「哼，他既然要鬧，那就隨他鬧去，到時候收不了場，看他拿什麼去息事寧人！」趙佶發了一通脾氣，臉色更是陰沉，太皇太后的懿旨之中，雖然重重地打在沈傲身上，可是言外之意，趙佶豈能不明白，這是說趙佶不該出巡，皇帝出巡的事，是太后下的懿旨，太皇太后這是醉翁之意不在酒。

宮闈裏的事，趙佶豈能不明白，只是一直小心翼翼地保持著這個微妙的平衡，各宮之間相安無事就好。可是偏偏王黼卻是嫌眼下不夠亂，硬要插足進去，太皇太后有了外臣遙相呼應，巴不得鬧出點動靜，給太后一點顏色看看。

宮裏的兩個女人，趙佶哪一個都惹不起，也不能去惹，太皇太后身分崇高，威望不小，況且又於自己有恩，斷不能恩將仇報；可是自己的生母受了委屈，他做兒子的能坐視不理嗎？

兩虎相爭，非但沈傲遭了殃，連帶著趙佶也不能安生，趙佶這一頓火氣發洩出來，仍覺得不滿意，可是偏偏對王黼暫時也沒有辦法，只好對蔡京發一通牢騷。

蔡京只是應和，再不為王黼爭辯，一個勁地說王黼該死，老臣為陛下主政，如今鬧出這等事，也是罪該萬死。

蔡京如此懇切認錯，趙佶一肚子怨氣終究還是吞進了腹裏，陰沉著臉道：「裁處沈傲是斷然不可行的，這件事，從長再議吧。」

蔡京頷首點頭，道：「不過，太皇太后終究還是發出了懿旨，若是不管不問，難免會惹人非議，不如叫沈傲暫時待罪家中，先是避過風頭吧。」

趙佶想了想，道：「這樣也好。」目光落在沈傲身上：「沈傲，你認爲呢？」

沈傲還能說什麼？如今是山雨欲來，有人借著自己來做文章，自己還是乾脆躲個清閒拉倒，否則捲進這漩渦去，天知道最後是什麼樣子，頷首道：「太師說得很有道理，微臣也正好趁著機會好好歇息幾日。」

趙佶道：「沈傲，朕還有話和太師說，你先去見母后吧。」頓了頓，又對沈傲道：「安寧的事，你也不必急於向母后說，現在說不合時宜。」

沈傲應下來，出了文景閣，叫來一個小太監：「太后在哪裡，快帶我去。」

小太監見了沈傲，哪裡敢有什麼忤逆，立即將他帶去景泰宮，一路上笑吟吟地巴結了幾句，沈傲陪著他閒聊了幾句話，不忘拿出一張錢引來塞在他的手裏。

這小太監也不是個傻子，別人的錢收了也就收了，可是沈傲的錢拿著卻是燙手的，他不敢要，連忙道：「大人不必客氣，咱家能爲大人辦事，是咱家的福氣，這錢，咱家是不敢要的。」

沈傲笑嘻嘻地硬往他手裏塞：「叫你拿去喝茶，你怎麼這麼不痛快，把錢接好了，再拒絕，本大人可要生氣了。」

小太監只好接了錢，千恩萬謝，迎面有個老太監過來，正是欽慈太后跟前的太監敬德，敬德見了沈傲，遠遠招呼：「都說陛下回宮，原來沈大人也來了，大人來得正好，太后剛剛小憩了一會，這會兒精神好得很，大人去問個安，太后有話兒和你說。」

沈傲和敬德也算是老相識，嘻嘻哈哈地與他低語幾句，神神秘秘地道：「此去江南，我給公公帶來了幾樣南方的特產，過幾日送到公公府上去。」

敬德故意板著臉道：「這是做什麼?咱家哪裡能收沈大人的禮。不過嘛，你既然採買了，咱家只好卻之不恭。大人，隨咱家來吧。」

第一六六章
三寸不爛之舌

你字之後，她就發現這個死皮賴臉的傢伙讓她再不敢說下去，

此刻他已湊近她的俏臉，而後厚顏無恥的道：

「讓你見識見識讀書人三寸不爛之舌的厲害。」

說罷，貼上女俠的豐唇，伸出舌頭探進去。

景泰宮裏，太后早前就聽皇帝有了消息，心情漸好，見了沈傲來問安，便忍不住板著臉道：「怎麼陛下不來，卻打發你來了，他這個兒子做得倒是好。」

沈傲笑呵呵地道：「陛下剛剛回來，還有許多朝政要問，做皇帝的都是如此，家事就是國事，國事又是家事，倒是我這個閒人空暇多，能來陪太后多說說話。可是我要是不討太后的喜歡，那麼就只能告辭了，省得太后生嫌。」

太后聽了沈傲解釋，莞爾一笑，叫人遞了茶來，道：「整個汴京都知道你這張嘴兒厲害，哀家辯不過你。你好好地喝口茶，陪著哀家說幾句話。」

沈傲大喇喇地坐下，喝了茶，誇讚幾句這茶的滋味，心裏原想說安寧的事，可是太后不開口，況且因爲懿旨的事，讓他決定還是先緩緩再說。

太后道：「陪著陛下巡遊好玩嗎？」

沈傲當然不敢說什麼樂不思蜀的話，卻又不能說不好玩，折中地道：「好是好玩，可是玩得多了也就生了厭。陛下在外頭想著太后，微臣想著家裏的夫人，人有了放不下的東西，在外頭再好玩，也變得無趣了。」

太后嗔怒道：「你們這幾個人，哀家算是看透了，還說想著哀家，看看陛下和晉王，回來之後一個管他的國家大事，一個急不可耐地去見自己的王妃，哪裡還將我這個老婆子放在心上。」話鋒一轉，開門見山道：「奏疏你可曾看了？」

沈傲露出正經之色，道：「看了。」

「你是怎樣想的？」

沈傲抬眸看了眼中閃過一絲諷刺的太后一眼，吸了口氣道：

「微臣是個散漫慣了的人，當不當官都無所謂，反正陛下看顧，家中又略有薄財，也無人敢欺，這一輩子衣食無憂，寄情山水倒也自在。只是太皇太后的懿旨我卻是不懂了，天下人都知道，陛下出巡是太后發的懿旨命令去的，怎麼就成了壞事？就算是壞事，又為什麼要大張旗鼓地發出懿旨去昭告天下？這豈不是說太后此前叫陛下出巡的懿旨也是禍國亂政嗎？有些話，微臣不知該說不該說，這件事其實也怪不得太皇太后，真正的始作俑者不是她，那個始作俑者才是大奸大惡之徒，請太后要小心在意。」

沈傲和太后都是太皇太后懿旨中的受害者，他這一番毫無隱瞞的話，讓太后得到共鳴，冷笑道：「難得你肯掏心窩的和哀家說這些話，哀家心裏頭也知道，這件事就是王黼慫恿著去做的，一個外臣過問宮闈的事，哀家早晚要收拾他。不過，你也別把太皇太后想得太簡單了，哼，她是早就有了這個心思，想給哀家一個下馬威，這一回，哀家算是把臉面都丟盡了，讓人看了笑話。」

沈傲安慰她：「太后也不必為了這事生氣，身體是自己的，就像微臣，不是一樣有人取笑嗎？取笑又怎麼了？微臣過得比他們自在，比他們精彩，誰笑話誰還是指不定的事。」

「那是，你是出了名的臉皮厚。」太后嗔怒道。

馬屁拍在馬腿上，得，沈傲不說了，原來他還想現身說法，感慨自己被人取笑的心路歷程，結果太后這一句話將他噎了個半死，這經驗心得是交流不下去了。

「沈傲，陛下那邊是怎麼說的？」

「陛下叫我先避避嫌，暫時歇養些日子。」

欽慈太后板著臉：「陛下這是要和稀泥，哼，我就知道他，他不敢得罪太皇太后的。」

沈傲如此一想，還真覺得那趙佶有和稀泥之嫌，也是憤憤然地道：「太后不要著急，總有初一十五的時候，那王黼敢滋事，我也不是好惹的。」

想到自個兒出去轉了一圈，竟是後院著火，讓王黼擺了一道，沈傲心裏憤憤不平，一腔的怒火，自然要撒在這混賬身上。

太后道：「王黼和太皇太后都不是好東西，你也不要抱怨，就暫且歇養幾日吧，找個機會哀家再為你說話。」

沈傲頷首點頭，平時二人只是牌友，如今有了共同的敵人，倒頗有些同仇敵愾的架勢，相互安慰一番，沈傲又說了些南巡的事，太后心不在焉地聽著，沈傲討了個無趣，便起身告辭。

今日的天氣極好，豔陽高照，日過三竿，走在大街上暖呵呵的，沈傲頂著太陽騎馬回到家中，開口便問：「夫人們在哪裡？」

門丁道：「幾位夫人都在後園，不過，恰好有個叫童虎的人來拜謁，已經安排在堂裏等候了。」

這前腳剛到汴京，客人就來了，倒是讓沈傲頗覺得意外，伸了個懶腰，自言自語地道：「童虎？這名字取得不錯，我去會會他。」

到了大廳，一個魁梧的大漢立即從座椅上彈起來，慌忙下拜：「見過沈大人。」

沈傲苦澀一笑：「大人？我現在已經不是大人了，你沒看到懿旨嗎？懿旨裏說罷官黜爵，永不敘用。」

童虎道：「人總有潮起潮落，大人早晚還要入朝的。」

等童虎說明了來意，沈傲才知道這人是童貫的乾兒子，叫他坐下，隨口問了幾句童貫的事，道：「童貫在邊鎮報了場大捷，倒是解了陛下的燃眉之急，叫他放寬心，造作局的事不會再追究到他的頭上去。再者說了，童公公勞苦功高，靠的是實打實的軍功，如今朝廷正是用人之際，童公公的前途無可限量。」

童虎放下了心，陪著笑道：「其實家父一直對大人神往已久，只是恨不能結交，今日叫我來，一是籌措銀錢，第二就是囑咐我來見見大人，大人若有吩咐，叫我回去向家父傳達便是。」

沈傲擺擺手，道：「這倒不必了。」

和童虎說了幾句話，總算打發他走了，沈傲才回到後園，這一年來他四處奔波，倒是疏忽了幾個妻子，幾個夫人見他回來，萬千思念變成了幽怨，好在沈傲有的是時間，一一安慰，總算一家人和和睦睦說笑著吃了晚飯。

此時的天氣還不熱，夜裏涼風習習，一家人在小廳裏坐，周若問沈傲道：「陛下真罷了你的官職？」

沈傲頷首點頭：「也沒說罷，不過和罷差不多，反正就是在家待罪，其實就是乾坐家裏吃閒飯的意思。」

唐茉兒怕沈傲心情低落，笑著道：「吃閒飯才好呢，從前是忙得腳不著地的，還是在家裏好。」

蓁蓁笑道：「茉兒妹妹說得不錯，別人做官爲財爲名，夫君別無所求，不如在家裏頭自在。」

沈傲嘻嘻笑道：「正合我意，不過這官還是非做不可，我若是自己萌生退意倒也罷了，可是今次是被人逼下臺的，若是當真做了個閒雲野鶴，豈不是讓他們如願？我偏不做這種仇者快的事，不但要把官當到底，還要將害我的人一腳踢出朝廷去。」

周若不禁失笑，初爲人婦，從前那冰冷的小姐如今已多了幾分豐腴溫和的美感：「你就是這麼一個不肯吃虧的人，好像全天下的便宜都要自己占盡了才肯干休。夫君現在有打算了嗎？不如我回娘家一趟，和我爹說說，看看他有什麼辦法。」

沈傲搖頭：「現在不急，先走一步看一步，我這叫後發制人。」

當天夜裏，沈傲在蓁蓁房裏睡下，紅燭冉冉，連廂房中都多了幾分曖昧，一番雲雨，蓁蓁蜷在沈傲懷裏，低聲道：「夫君，過幾日我們去白馬寺上香吧。」

「去那兒做什麼？」沈傲捏著蓁蓁的青絲秀髮在手中輕撫，漫不經心地問。

「自然是求菩薩保佑了，夫君想想看，咱們四個和你也成了一年的親了，肚子都不爭氣，若不能爲沈家添丁，真沒法做人了。」

沈傲無語，便一下子又來了性趣，口裏笑嘻嘻地道：「求神拜佛有什麼用，還是靠自己努力比較牢靠，所謂人定勝天，只要功夫深、鐵杵磨成針，努力不懈，還怕不能添丁？」說著手已經不老實了，順著她的小衣衣襟滑進去，摸著……

第二日清晨起來，天空又落起霏霏細雨，沈傲本不打算出去，可是蓁蓁爲他繫衣帶時突然冒了一句：「前些日子吳三兒老是來府上打聽，問你何時回來，還大聲叫苦，也不知是什麼事，驚慌失措的。」

沈傲想到吳三兒，啊呀一聲道：「糟糕了，估計是玩笑開大了。」

「玩笑？什麼玩笑？」

沈傲立即穿了靴子，特意叫人拿了一柄蘇州帶來的荷蘭油傘，這油傘買了不少，都是當作特產送人的，對付這細雨正好足夠，連早飯都顧不上吃，立即往邃雅山房趕去。

到了府門，正撞到了劉勝，劉勝大叫：「少爺要不要叫輛車出門？」

沈傲擺擺手：「算了，不遠，你回去告訴諸位夫人，我正午可能不回來吃飯了。」

心急火燎地趕到邃雅山房，山房前的空地上，兩個穿蓑衣的人影在雨中遙遙相對，其中一個嬌小的人影壓低了頭上的斗笠，一滴滴雨水順著斗笠的笠沿撲簌下來，猶如雨簾遮擋住了那清澈眸子的視線。

眸子的主人並不以為意，手中抱劍，紋絲不動，猶如一尊完美的石像，在漫天的細雨之中佇立。對面的蓑衣人顯得臃腫了幾分，他呆滯地站著，手在顫抖，喉結在湧動，手裏拿著的是一柄菜刀，茫茫然地看著雨幕之中的嬌小人影，吞了口口水。

「吳前輩，你到底還要裝到什麼時候？」

「姑娘……」

「哼，不要這樣叫我。」

「是……女俠……」

對這個稱呼，嬌小的蓑衣人顯然比較滿意，沒有打斷他。「吳前輩」哆嗦著嘴唇道：「我真的不是流星也不是蝴蝶，莫說會什麼劍術，就是功夫都不……」

「哼，你不要再做戲了，你這樣的隱士，本姑娘見得多了，哼，以爲單憑三言兩語就能打發得了我？我縱橫江湖幾十……個月，你這樣的小把戲，如何瞞得過我？」

「女俠……」對面蓑衣人語氣在懇求：「我只是個生意人。」

「哼，生意人爲何臉上掛著風霜？」

「我小時候生了麻子……」

「爲何你的手上長了繭子？」

「我家窮，從小要幹農活，後來去了國公府打雜，自然會有繭子。」

「爲何你拿刀時如此熟稔……」

「有時候店裏的廚子忙不過來，我自然要去幫忙切切菜，切得多了，也就熟了。」

「哈哈……」雨幕之中，發出銀鈴般的笑聲：「你還要騙本姑娘到什麼時候？你今日不拿出真本事，本姑娘還會天天來，一直到你撕下僞裝爲止，吳前輩，看招……」

女俠如電躍起，在雨幕中向前飛縱，幾個起落已貼近蓑衣人，手中長劍在半空挽下數朵劍花，劍尖刺開雨幕，直射蓑衣人的咽喉。

蓑衣人在顫抖，下意識的舉起菜刀橫擋。

長劍如電刺入菜刀的側面，鏘……

金鐵交鳴，雨水四濺……

生鐵鑄造的菜刀應聲而裂，蓑衣人連退數步，啊呀一聲，一屁股坐在泥濘中。

女俠嗔怒，長劍指著地上的蓑衣人，雨水滴答落下，將她的斗笠打得劈啪作響，她咬了咬牙：「前輩還要裝到什麼時候？」

「女俠……我真的只是個商人。」

女俠屹然不動，冷若寒霜：「商人？這些話你還是留著去騙三歲的小娃娃吧，再問你一次，你到底願不願與我拼盡全力一較高下！」

「我……」蓑衣人無力道：「不是已經比過很多場了嗎？」

「哼，那是你故意藏拙！」

「……」

「你爲什麼不說話？是心虛？」

「是……害怕……」

「你當然怕，怕我拆穿你，讓本姑娘來揭開你的真面目吧。你既是流星蝴蝶劍，劍術一定出神入化，想必曾遭受了什麼挫折，鍾情於某個女子，最後這女子香消玉殞，你落落寡歡，便立誓再不動武，是不是？」

「不是。」

「還敢抵賴？」女俠長劍一送，劍尖抵住蓑衣人的喉結：「我再問你，是也不是？」

「是，是。」

長劍一收，在雨幕中劃過一道銀光，女俠抱劍而立：「那麼就請前輩重新拿起劍，和本姑娘比一比。」

「我……我不是前輩啊！」

「哼，你還敢抵賴，方才是你自己承認的！」女俠惱羞成怒：「是你自己說你立誓不再動武，現在又要反悔嗎？」

「女俠……我是被逼的。」

「這裏有誰逼你？」

「是……」

女俠的俏臉緊繃得更厲害，清澈的眼眸殺機騰騰，蓑衣人目光閃爍，立即將後頭一句話吞回肚中去，搖頭：「沒……沒人逼我。」

「這就是了，既然沒人逼你，你又被逼什麼?拿起劍。」

「女俠……」蓑衣人滔滔大哭：「女俠饒命啊。」

「堂堂汴京第一劍手，哭個什麼，原來你寧願哭也不願意和我動手，哈哈，你是看我不起嗎？」

女俠惱羞成怒，長劍在她手中劃過一道電光：「那我就不客氣了，你若是不拿出自己的真本事，本姑娘只好殺了你。」

這個你字落下，長劍已飛快激射到蓑衣人的喉頭，這一次是動真格的，沒有一絲的停滯。蓑衣人呆了，張大嘴巴，大氣不敢出，只覺得喉間一涼，便不由翻起了白眼。

「劍下留人！」一個撐著荷蘭油傘的英俊少年踩著泥濘過來，他穿著淡綠綢衫，踩著鹿皮靴子，一步步過來，那一雙晶亮的眸子，明淨清澈，燦若繁星，此刻眸子裏帶著幾分似笑非笑，哭笑不得的神情，大叫道：「蘡兒姑娘，快放下劍。」

蘡兒楞然，看著那熟悉的人搖搖晃晃的踱步過來，心裏生出幾許欣喜，又有幾分被他打斷的不情願，就差一點，只差一點，就可以逼前輩出手，想不到終究還是落空了。她回過眸去，發現吳三兒已經暈死過去，躺在泥濘之中一動不動。

「他是裝的！」蘡兒心裏有了計較，冷哼一聲，面孔上有一種洞察人心的高深莫測，以她行走江湖幾十……個月的經驗，堂堂劍術高手，豈會說暈就暈?!

面對這樣的無賴，她心中有一種莫名的激憤，恨不能一劍將這隱士高手刺死拉倒。不過沈傲走過來，讓顰兒生出幾分悸動，總覺得在他面前不應該表現出暴戾的一面，臉頰生出紅暈，心裏想：「他一定不喜歡舞槍弄棒的女孩兒。」念及此處，立即將長劍一收，猶如走夜路的竊賊，有一種心虛之感。

顰兒捋了捋額前的亂髮，刻意將斗笠沿壓得更低，不願讓對面的人看到自己的失態，這個時候，撐著傘兒的沈傲已經到了眼前。

「人死了？」

「我沒殺他，他自己暈的。」顰兒刻意現出冷漠。

「哦。」這一聲拉長的聲音表示聲音主人鬆了口氣，接著沈傲道：「其實顰兒姑娘誤會了，我覺得我很有必要解釋一下。」

沈傲雖然是這個誤會的肇事人，卻一點反省的覺悟也沒有，反而感覺到自己挺身而出，就在吳三兒深陷魔爪之際，適時的做了一件天大的好事。沈傲心裏打定主意，等吳三兒醒來的時候，一定要他好好感謝自己及時相救。

他理直氣壯的道：「吳三兒並不是什麼流星蝴蝶劍……」

不是？斗笠下的俏臉先是茫然，後面的話她再聽不到了，隨即有一種羞憤，是一種被人欺騙的感覺，銀牙一咬，隔著淅瀝瀝的雨幕，惡狠狠的瞪著眼前的壞傢伙，長劍出鞘，一道半弧在昏暗劃過。

長劍發出顫抖的長吟，唰的一下，沈傲後面的話再說不下去了，冰冷的劍鋒這一次不是指向吳「前輩」，而是自己。

沈傲不敢動，失去理智的人很可怕，更何況是個失去理智的女人。他試著笑了笑，很溫和的道：「蓁兒姑娘，你能不能聽我解釋？」

「……」

解釋不通，那麼就只能用情感攻勢了：「蓁兒姑娘，你看，這裏有一個男子暈倒在雨下，再不將他帶回去，他會生病的。」

「……」

還是不起效果，只有那一雙清澈又羞憤的眼眸瞪著沈傲，蓑衣下的胸脯呼哧呼哧的喘氣。

「姑娘不要嚇我好嗎，我是讀書人，最怕刀啊劍啊什麼的，蓁兒你這是怎麼了？你不要這樣，你要是氣憤不過，不如……」

「不如什麼？」

總算開了口，沈傲的心放下了一半，僵硬著撐著荷花油傘，慢吞吞的道：「不如我們敘敘舊，順道兒讓蓁兒姑娘狠狠的批評我，聖人說過，君子應當三省吾身……」

「呸，你不像個大丈夫，男子漢爲什麼要向人求饒？」鸞兒更氣憤，握劍的手更加用力。

沈傲很委屈的道：「我是讀書人啊！」

「果然仗義每多屠狗輩，負心多是讀書人。讀書人的膽子就是小！」鸞兒被氣笑了，遇到這麼個傢伙，明明膽兒小，偏偏還理直氣壯，好像自己很了不起一樣。

沈傲板著臉道：「這是什麼話，讀書人雖然膽子小，可是有幾樣長處別人卻是學不會的。」

「什麼長處？」

「不說。」

「說。」

「除非姑娘先將劍放下，否則你就是糟蹋了我也不說。」

鸞兒啐了一口，雙頰俏紅：「誰糟蹋你。」果然將劍放下，收回鞘中，擺出一副冰冷的樣子：「這是給你一個教訓，看你以後還敢不敢騙我。你現在說你有什麼長處？」

沈傲一手撐傘，一手叉腰，不可一世的道：「你過來。」

鸞兒遲疑了一下：「要說就說，婆婆媽媽的。」果然還是走近了沈傲一步。

「再走近一點。」

「不走。」顰兒斷然拒絕，可是心裏好奇，終究又走近了一步。

雨幕之中，一個穿著蓑衣的女俠與一個撐著油傘的不良書生相隔咫尺，書生的前襟幾乎貼到了濕溜溜的蓑衣上，他突然碎步前進一步，女俠驚慌失措，正要後退，卻發現書生捧起她那纖細的腰肢，阻斷了她的後路。

「你……」

你字之後，她就發現這個死皮賴臉的傢伙讓她再不敢說下去，此刻他已湊近她的俏臉，幾乎吻著她的嘴唇，而後厚顏無恥的道：「讓你見識見識讀書人三寸不爛之舌的厲害。」說罷，貼上女俠的豐唇，伸出舌頭探進去。

女俠慌了，俏臉飛上紅豔，幾乎不敢睜開眼睛，咬著貝齒，將那三寸不爛之舌阻在口外，可是那舌尖兒油滑之極，不斷的旁敲側擊，終究還是探入女俠的香口之中。

「唔唔……」這一下輪到女俠抗議求饒了。

一柄荷花油傘被隨意拋開，被風雨吹刮得飛在數丈之外，濕淋淋的書生強勢的攬著女俠，在雨幕之下忘情長吻。

女俠先是掙扎，可是感覺全身都軟了，使不出一點氣力，最終還是屈服，雙眸緊閉，嚶嚶陷入癡醉。

第一六七章
小鬼難纏

鄧通反倒幫大兄說話了：

「做官就是這樣的，各方面都不能得罪，

不是有句話嗎？閻王好惹，小鬼難纏。

官家倒還好說，遇到上司或是三省裏惹不起的大人物，就萬萬不能耽誤，

否則將來難保不遭人算計。」

雨仍在下，不肯甘休，書生在良久之後，終於撲哧撲哧的與女俠分開，雨水打濕了他的臉，讓他的形象更加可憎，至少這是女俠張眸時的第一個印象。

兩個人沉默了一下，濕溜溜的沈傲大笑，不可一世的道：「看到了嗎？你們高來高去的大俠用槍棒去征服別人，可是我們讀書人卻是用三寸不爛之舌去征服你們。」

「你……」女俠羞憤的咬著唇，揚起玉蔥蔥的巴掌朝書生打下去，可是要落到那可惡的臉頰時，卻一下子失了力道，高高揚起，輕輕落下。

沈傲苦笑：「讀書人你也打？」

女俠跺了跺腳，眼淚在眼眶裏打轉：「因爲讀書人最可惡。」

沈傲搖搖濕漉漉的頭：「也不盡然吧，總有例外的，例如……」

女俠打斷他道：「例如你更是無恥下流。」

沈傲沒詞了，嘴角還殘留著櫻唇的餘香：「姑娘，我們是不是進屋子裏說話。」

女俠始終緊繃著臉，很乾脆道：「很好，先進屋子，這筆賬，進了屋子再算。」

兩人七手八腳的將吳三兒扶進邃雅山房，叫人給他換了乾爽的衣衫，餵了薑湯，沈傲才與女俠在廂房裏盤坐相對。

「還痛不痛？」顰兒終歸是女兒家，方才那一掌打得很輕，可是事後回想，終覺得不忍。

「犟兒姑娘莫要忘了，讀書人還有一樣特長。」沈傲招牌似的捏捏自己的臉：「讀書人的臉皮往往比別人厚那麼幾分。」

犟兒撲哧一笑，突然又覺得很不合時宜，立即繃起臉來，道：「沈大人，再過幾日我就要回南京了。」

「回南京做什麼？」

「師父傳了書信，說是有事。」

「哦。」

窗外的雨淅淅瀝瀝，屋內一片沉默。

犟兒抬眸：「你欺負我的事，我要去和師父說。」

「……」沈傲無語：「犟兒姑娘，這些話怎麼能隨便和人說。」

「可是我沒法做人了。」

「你是女俠啊，怎麼能用世俗的目光去看待問題。」

「哼！你的意思是你只是逢場作戲？」

沈傲立即搖頭，語態堅決的道：「不是。」說一個是字，這條老命多半要交代在這裏。

「那你什麼時候向我師父提親？」

沈傲瞪大眼：「蟹兒姑娘不要誤會，我和你師父是清白的呀，我向你師父提親做什麼？」

蟹兒羞怒的道：「我沒有父母，你要……要娶我過門，師父就是我的父母，誰說是教你去娶我師父。」

「噢。」沈傲恍然大悟，慚愧道：「不急，不急，慢慢來嘛，我們還沒有培養感情呢。」

「感情？」蟹兒的眼眸冰冷，殺機騰騰。

「不要誤會，我的意思是，再緩一緩。」

好不容易哄住了俠女，沈傲吁了口氣，發現自己的腦門已是冷汗直流，擦了汗，去見了醒轉的吳三兒，吳三兒有一種重生的慶幸，淚流滿面的拉著沈傲的手：「沈大哥，那女俠還會來找我麻煩嗎？」

沈傲肅然道：「放心，有我冒著危險為你解釋，她已經決心再不和你為難了，三兒，你不要謝我，我們是兄弟，為你排憂解難是我應做的本份。三兒你怎麼又哭了，不要哭啊，雖然我知道你很感動，可是……」

沈傲說不下去了，吳三兒泣不成聲，只好讓他安靜一會兒，悄悄退出去。

去尋了陸之章，陸大才子如今已是汴京城裏家喻戶曉的名人，一本《東遊記》和

《青樓夢》讓他身價高漲，非但是尋常的街坊百姓，便是一些達官貴人，也有欽慕他的奇思妙想，與他結交的。

雖然在這個時代，寫小說並不算光榮的事，可是有人寫就有人看，看得暢快了，自然難免心生好感，尤其是那些無所事事的王侯，這些混吃等死的傢伙有的是空暇，各種喜好的都有，打發時間的邃雅周刊自然成了他們必讀之物，因而陸之章免不了成為他們的座上賓。

功成名就，如今的陸之章也漸漸的時間充裕起來，有了兩本大作練手，下一本《金蒲團》已經在構思之中，如今周刊的小故事已經不再讓他親力親為，而是請了幾個書生來編寫，他要做的只是審核罷了。

所以這一次見到陸之章，這位陸少爺容光煥發，聽到沈傲說起洪州，不由唏噓一陣，又對沈傲道：「表哥，過幾日我想向東城鄧家的小姐提親，這件事我已經寫了信去洪州，只是這提親的事我還不懂，家裏頭離得遠，只怕也來不及。」

沈傲拍著胸脯保證：「這件事包在表哥身上，只要你父母點了頭，這六禮和提親的事都由我來籌辦。」接著又問鄧家女兒的情況。

原來鄧家是東城的富戶，也算是汴京城掰著指頭數得來的巨賈，這鄧家的小姐待字閨中，閒來無事自然愛看邃雅周刊打發時間，尤其是那一本《青樓夢》，看得她淚眼婆娑，輾轉難眠。每一期的邃雅周刊出來，總是第一時間叫丫頭來買。漸漸的，又不知拿出了什麼勇氣，叫丫頭送了封信給陸之章，言辭之中自然是許多欽服的話，陸之章便回信，這一來二去，就從談理想變成了談情說愛，一發不可收拾。

沈傲聽得唏噓不已，問陸之章：「鄧小姐很漂亮嗎？」

陸之章搖頭：「我只和她互通書信，並沒有見過。」

沈傲瞪大眼睛，忍不住佩服這位陸才子果然夠膽色：「就怕你娶過了門，到時候要失望。」

陸之章憋紅了臉，義憤填膺道：「表哥怎麼能這樣說，我和鄧小姐神往已久，就是她長得再醜，我也願意娶她。」

沈傲再不敢說了，立即哈哈笑道：「我不是這個意思，咳咳……好啦，等你父母那邊有了消息，這就去提親。」

陸之章黯然道：「就怕她爹不肯，她父親雖然也是生意人，可是有幾個叔伯卻在朝中，家大業大，我的家世雖還尚可，可是畢竟沒有功名。」

沈傲安慰他：「你不要怕，怕個什麼？有表哥在，保準成全你的好事。」

就在邃雅山房用過了午飯，顰兒已不知去了哪裡，沈傲披了蓑衣回家，將周若帶到屋裏商議：「陸之章要準備結親了。」

「啊……」周若終究是女人，忍不住八卦，問了是誰家的女兒，又問那小姐的情況，沈傲將自己知道的都說了。

周若道：「其實陸公子一表人才，品行也不錯，當年我們一起坑了他，到現在，我的心裏仍然還有愧疚。這一次他要成親，你要抓緊一些，能幫襯的就幫襯。」

沈傲等的就是她這句話：「他父母不在這裏，婚娶的事我也不懂啊。」

周若憋著臉：「你成了這麼多親還不懂，好罷，我得回去問問我娘。」

這幾日飛快過去，沈傲如今成了閒雲野鶴，也不再管外界的事，反正天要下雨、娘要嫁人，由著他們去，越是這個時候，沈傲反而多了幾分恬然，他現在需要的是一個機會，一個反戈一擊的機會，時機未到，當然不能輕易出手。

與幾個夫人去了靈隱寺一趟，見了空定、空靜，偶爾又去邃雅山房盤查自己的生意，有時憋在書房和春兒書信傳情，該拜訪的人還去拜訪一番，幾個丈人還有一些故舊也不必避嫌，你來我往，不亦樂乎。

倒是沈傲撒了手，教鴻臚寺那邊一團糟起來，西夏人嚴正交涉，天天跑去鬧騰，鴻臚寺那邊說要聽候聖裁，可是宮裏頭一點音訊都沒有，皇帝不管了。皇帝不管總得有人管吧？雖說沈傲不值堂了，可是也沒有旨意讓誰來做寺卿啊，再者說了，沈楞子的寶座誰敢坐?那是吃撐了，人家打擊報復起來你吃得消?

寺正又是個老好人，這邊催促宮裏和三省拿主意，另一面又想踢皮球，把西夏人踢到禮部去，結果西夏人也不傻，知道鴻臚寺裏有個叫沈傲的傢伙一言九鼎，和他談，總比去和那禮部尚書扯皮的好，所以怎麼踢也踢不走，擺明了要賴在鴻臚寺了。

沒辦法，鴻臚寺那邊來人請沈傲拿主意，來人是曾歲安，曾歲安有沈傲暗中幫襯，兩個月前已經從六品推官做到了僧錄司主簿。

僧錄司是鴻臚寺下最偏僻的一個下屬機構，說白了就是管和尚的，和尚的度牒，寺廟的管理都由他們監督，沈傲先讓他到僧錄司，就是讓他先熟悉熟悉環境，在寺裏慢慢的學點經驗再做提拔，況且，一個六品的推官做到從四品的主簿，已經算是連跳三級，若是一下子讓他掌握機要，只怕有人不服。

雖說曾歲安在鴻臚寺裏不冒尖，可是寺裏的人都知道，這位曾大人是沈大人的人，叫他來請沈傲拿主意，那是再好不過的事。

曾歲安見了沈傲，立即將難處說出來，沈傲一攤手：「曾兄，鴻臚寺的事我很同情，不過你也知道，如今我已是待罪之臣，鴻臚寺也不再由我領著了，向我拿主意?這是什麼話，我一介平民百姓，拿個什麼主意?」

曾歲安還要再勸，沈傲便嘻嘻哈哈的道：「歲安在鴻臚寺反倒氣色好了不少嘛，我們許多日子沒有見，來，我請你喝酒。」

酒過三旬，絕口不提鴻臚寺的事，曾歲安也不好提了，只是說些近況，臨到告辭，才道：「沈兄，這件事你不得不管，那西夏人揚言，再對他們置之不理就要動兵了，雖說咱們大宋也不怕他，可是一旦起了戰事，那邊境的州縣豈不是又要遭殃，沈兄聽我一句，不為朝廷，只為百姓，也該拿個主意出來，讓我們照著辦。」

沈傲搖頭：「曾兄拳拳愛民，我也無話可說，不過這件事，還是再緩緩吧。」

曾歲安無奈，嘆了口氣，只好失望的走了。

天氣漸漸炎熱，轉眼到了夏初，歇息了半個月，沈傲也只是進了兩趟宮裏，趙佶那邊正為兩宮的事煩惱，因而顧不上他。草草和他說幾句話，叫他好生待幾日，早晚替他解決眼下的難題。

趙佶沈傲是指望不上了，這皇帝性子軟，怕麻煩，況且牽扯到了太皇太后，他沒有去和太皇太后對著幹的勇氣。

倒是太后那邊語氣堅決，問沈傲為什麼天天待在家裏，言外之意是叫沈傲反戈一擊，沈傲卻只是笑，道：「學生就是個閒雲野鶴，功名利祿早就不放眼裏了，他們要鬧就讓他們鬧去，由著他們，這官我不做了，總成了吧。」

他說起這句話來臉不紅心不跳，還表現出一副淡泊名利的灑脫相，似模似樣。

太后恨鐵不成鋼的咬牙道：「你倒是想做閒雲野鶴，實話和你說了吧，你就是想去，人家只怕也不肯，進了這是非窩，想全身而退？哼，做夢。你不入朝，陛下和你漸漸疏遠，到時候你不過是一介草民，王黼會放過你？你自個兒掂量輕重吧，莫要後悔。」

教訓了沈傲一通，沈傲仍是那副半死不活的樣子，太后心裏想：「這小子莫非是想叫哀家去打前陣？哼，這傢伙奸猾無比，哀家不能上了他的當。」於是兩個人也就這樣卯著，反正誰都不肯去出頭，都很有默契的希望對方去打前鋒。

每次聆聽了太后的教訓，沈傲就全然不在乎的回到家中，繼續歇養。

過了幾日，陸之章的父母回了信，這個浪跡在汴京的兒子久久音訊全無，又突然寫信來要婚娶，讓他們措手不及。陸老爹也是個狠角，信的開頭就是之乎者也的大罵一通，引申出父母在不遠遊這句至理明言來。之後卻又是無可奈何，只說已叫了人帶了六禮來，先提了親再做打算。

陸之章興致勃勃的給沈傲看了信，沈傲板著臉放下信：「真的要提親？」

陸之章認真點頭。

「好吧，那就提親吧，不過，這提親先從哪裡開始？」

陸之章：「……」

「咳咳……小章章啊，表哥雖然是過來人，可是這種事還是經驗不足，好吧，我們重頭想想，是了，先是去說媒，得先去請個媒婆是不是？」

「表哥，媒婆已經請好了。」

「那禮物備好了嗎？」沈傲想不到陸之章原來比自己還懂那麼一點點，臉色有點不好看。

陸之章點頭。沈傲深吸口氣，這是坑爹呢，搖搖手：「那先去說媒，那邊點了頭，我再帶你拿六禮去提親。」

媒婆去了一趟鄧府，陸之章顯得焦灼不安，又請人叫了沈傲來，在屋子裏負手團團轉，不時問：「表哥，若是鄧家不同意這門婚事怎麼辦？」

沈傲安慰他一陣，正午過後，媒婆回來了。

這媒婆是個腰圍如水桶的婦人，一見了陸之章，便是委屈的大叫：

「那鄧家人實在不識相，說什麼一個寫故事的，也攀得上他家的女兒，哼，不肯就不肯，還說什麼辱沒了他家的身分。陸少爺，他還說你是洪州人，家世雖說尚可，可是他只此一個女兒，不願嫁到洪州去，所以這門親事，叫你不要癡心妄想了！」

陸之章聽了，立時愣在原地，臉色慘白，比當年從周家倉皇出逃還要狼狽，嘴唇慘白的哆嗦了一下，最後又將目光落在沈傲身上：「表哥……」

若不是有媒婆在，這個懦弱的傢伙只怕要號啕大哭了。

沈傲臉色鐵青，不去理會陸之章，沉著臉對媒婆道：「這是什麼意思？寫故事的爲什麼配不上他的女兒？他也太狗眼看人低了吧，鄧家的女兒我娶……啊，不，是陸公子娶定了，哼，我倒要看看，他有多大的架子。」

打發走了媒婆，陸之章失魂落魄的楞坐在榻上，一動不動，沈傲搖著他的肩：「小章章，要振作！」

「周家看不上我倒也罷了，我自認比不上表哥，可是鄧家爲什麼要瞧不起我。」陸之章慘然蒙面低泣：「表哥，我該怎麼辦？」

「涼拌！」沈傲堅定的道：「你在這兒等著，我親自去爲你說媒，不就是個富戶嗎？家裏有幾個入了朝嗎？我沈傲的表弟哪裡配不上他？」

「表哥，還是算了。」陸之章顯得有些害怕。

沈傲搖頭：「你等著就是。」

他氣沖沖的回到家裏去，立即叫來劉勝：「請人去，什麼御史中丞，什麼晉王、梁王、齊王、還有各公府、郡公府、侯府的人都叫上，和他們說，這個交情他們願意賣給我，就立即過來，實在抽不開身的，把子侄叫來也一樣。還有，叫個人去殿前司，把人也叫來，國子監那邊也不能少了。」

劉勝嚇得臉都白了，見沈傲這般怒氣沖沖的樣子，還以為少爺要去和人拼命，哆嗦嗦的道：「叫……叫人做什麼？」

沈傲丟下一句：「說媒！」

說媒……劉勝定住了，說媒還要叫王侯大臣、禁軍、監生去充場面？這倒是稀罕。他不敢逗留，立即叫了人來，凡是和沈家有關係的，都叫人去請，至於請人的理由他不敢說，怕人家看了不敢來，於是只說是請大家赴宴。

沈傲回到後院，氣沖沖的對周若道：「這一次我是想好了，陸之章既然喜歡鄧小姐，這鄧小姐一定要過門，不肯也得肯，文的不行來武的。」他握握拳頭：「惹起了我的性子，我直接去綁票，搶也要搶來拜了這個堂。」

周若給他斟茶喝，讓他消消氣，埋怨道：「好似是你要做新郎官似的，何必這麼激動，有什麼事不可以慢慢的和人家商量。」

沈傲跺腳：「男人的事你不懂。」抿抿嘴，坐著又去喝茶了，這一門親事對陸之章至關重要，連續遭了幾番打擊，陸之章的性子本就懦弱，很沒自信，這個時候再遭打擊，只怕一輩子都抬不起頭來。

沈傲從前捉弄過他，可是這位陸少爺卻一直將他當成自己的尊長，什麼心事都肯和自己說，沈傲早已將他當作了自己的摯友兄弟，今日既是償還從前對他的捉弄，更是兄長維護自己的兄弟。

周若見他生氣，反倒小心翼翼了，道：「那夫君打算怎麼辦？」

「簡單！人家要是嫌陸之章不體面，我就去找一百個體面的人去和他講道理。他要是嫌禮錢少，我就隨便搬個幾千斤銅錢到他家裏去，反正他不同意也得同意，若是認死理，堅決不肯把鄧小姐嫁出來，那就只能動粗了。」

周若有些擔心的道：「鬧得這麼大終歸不好，你現在在家裏待罪，我爹都說了，叫你這幾日消停一些，莫要讓人抓了你的把柄。」

「我巴不得有人來抓我把柄。」沈傲喝著茶，一邊說道：「好久沒有鬧過了，最近骨頭有點鬆，今日就鬧場大的，看看誰敢說什麼。」

一大清早，邃雅山房已是人山人海，晉王帶著幾個宗室親王、郡王，笑嘻嘻地在人群裏瞎轉悠，忍不住對一旁的齊王道：「這場面夠大，有意思，還是人沈傲有大手筆，你看看，連做個媒都和別人不一樣。」

齊王眺望著人群：「王兄，莫不是到時候一言不合，是不是要動粗？早知道我該帶王府的侍衛來，沒準到時候要吃虧。」

趙王是個半大小子，嗤之以鼻，故作老成道：「誰敢動咱們宗室，動一根指頭要抄家滅族的，他們沒這個膽。」

一群人七嘴八舌，有湊熱鬧興致高昂的，也有不少板著臉在一旁叫苦不迭的，比如衛郡公石英和御史中丞曾文、祈國公周正幾個，他們只以爲是來赴宴，興致勃勃的過來，卻是簽字畫押，畫押也畫了，就被告知要去做媒，做媒……有這樣做媒的嗎？

石英不敢往人多的地方去，生怕被人看到他，拱著手還要叫一聲：「石郡公好。」現在的石英就恨不得把頭埋進沙子裏去，讓所有人都看不到他，免得顏面盡喪。

他跟前的幾個人也大多如此，一個個垂著頭，見了人也不打招呼，反正現在是騎虎難下，如今人家連名字都造冊了，逃都逃不掉。沈傲那楞子是發話下來的，來的就是朋友，不來的，往後大家撞到也不必打招呼，雖說石英幾個是沈傲的長輩，卻也知道這傢伙什麼事都做得出，絕不是開玩笑，所以不能走。

這一邊的朝臣們還擺著架子，那邊換了常服的禁軍和監生卻是喜氣洋洋，一個個興奮叫喚個不停，好似他們要娶親一般，沈傲從窗子裏探出頭來朝他們喊：「爲陸公子做媒去。」

下頭這些人就回應：「同去，同去！」數百人吼出來，聲勢駭人。

沈傲從窗口縮回頭，拍了拍陸之章的肩：「怎麼樣?還是你表哥有辦法吧，我就不信，他鄧家還會拒絕，看小章章不起，就是看表哥不起，看表哥不起，他就要遭殃了，你在這兒等著我的好消息，表哥非要玉成你的好事不可。」

說著心急火燎的下了樓，從邃雅山房出來，看到黑壓壓的人，得意非凡的朝尾隨過來的吳三兒道：「奏樂。」

吳三兒立即去張羅，過不多時，樂聲便響了，幾十個鑼手、嗩吶吹得不亦樂乎。吳三兒又跑回來，道：「哪有做媒吹拉彈唱的，只有提親的時候才奏樂。」

沈傲很陰險的笑：「你懂什麼，就是要讓別人誤以爲我們是去提親，姓鄧的不同意婚事，他這女兒也嫁不出去了。」

吳三兒擦擦冷汗，不知是對沈傲佩服還是唾棄，抑或是兩種情緒都有。

沈傲又對他道：「叫人把牌子打起來。」

過不多時，人群中打起了無數個牌子，有的上書「布衣沈傲」，有的寫著：「晉王趙宗」，還有什麼衛郡公石英、上高侯……諸如此類。石英看到那牌子，頓時臉色大變，這一次真是想躲都沒地躲了，原來人家連招牌都準備好了，是要全汴京的人都看見。

「哎……」石英搖頭，這一世的英名算是今日毀在這兒了。

倒是趙宗幾個宗室看到自己的名兒也掛在牌上，喜滋滋的去拉了沈傲來，道：「沈傲，這牌兒不好。」

「不好？爲什麼不好？我覺得很好看。」

「也不是說牌兒不好，你想想看，我是親王，怎麼能和什麼布衣沈傲、鴻臚寺主簿楊明傑之類的名字用同樣的牌子？好歹也得有個銀牌，再貼上鉑金才光鮮。」

齊王、趙王連連點頭，覺得趙宗想得很周到，紛紛道：「不換銀牌我們就不去。」

沈傲咳嗽一聲，板著臉道：「銀牌？做牌子的錢你出？你要捨得拿錢來，便是金牌我也給你做。」趙宗不吱聲了，灰溜溜的帶著人混入人群中去。

喧鬧了一陣，沈傲終於騎上馬，大手一揮：「走。」

呼啦啦的人群開始湧動，陣勢駭人……

鄧家的宅邸位於城東，靠絲綢生意起的家，原籍是北海，後來生意做得大了，也就搬來了汴京。到了如今，子孫繁茂，漸漸的家業也越發大了，家裏的兩個兄弟，一個中了進士出身，一個是賜同進士出身，都外放了十幾年，後來一個在戶部公幹，一個在京兆府。

有人在戶部公幹，所以這鄧家的生意自是越做越大，汴京的絲綢已被鄧家壟斷，所謂財源滾滾，家裏幾個子侄又爭氣，眼看就要入仕，因此昨日來了個媒婆提親，鄧小姐的爹，也就是鄧家二老爺鄧通才不肯答應。

都說陸家是洪州數一數二的大家族，可是鄧家與陸家又不是世誼，何必要將女兒嫁到洪州去。再者說了，這個陸公子他也略知一二，只是個寫小說的，專門編寫些小故事的人，這樣的人，比做生意的還不如，傳揚出去，都覺得丟份兒。

鄧通當然不肯答應，把人一打發，也不覺得有什麼異常，所以這事也沒有和家裏商量。一大清早，鄧通本想向大兄鄧恆知會一聲，結果興沖沖的跑去大房裏，卻得知大兄一大清早就出去了，說是去赴什麼沈家的宴會。

鄧通心裏頭滿不是滋味，心裏說，這大清早的赴什麼宴啊，只聽說過午宴、晚宴，還沒見早宴的，大嫂也是滿腹牢騷，說什麼大清早，天還沒亮就跑去了，說什麼這人惹不起，下了帖子去晚了要遭殃，嚇，他好端端的一個戶部主事，就是官家喊他，也不致如此吧。

鄧通嘻嘻哈哈的反倒幫大兄說話了，對嫂子道：「做官就是這樣的，各方面都不能得罪，不是有句話嗎?閻王好惹，小鬼難纏。官家倒還好說，遇到上司或是三省裏惹不起的大人物，就萬萬不能耽誤，否則將來難保不遭人算計。」

大嫂頷首點了頭：「兄弟莫非是遇到了什麼事?有什麼話和我說也一樣。」

鄧通也不好說什麼，只是笑道：「事倒沒有，就是過來看看。」便告辭走了。

第一六八章
最惹不起的人

大爺和二爺在裏頭吵翻了天，

三爺鄧達恰好今日不必去京兆府值堂，聽到動靜，也過來跟著老大一起勸：

「這個沈傲是天下最惹不起的人物，多少人死在他的手裏，

惹惱了他，全家都要遭殃。」

這一邊鼓樂齊鳴，清晨的晨霧還沒有過去，便看到一支如此光鮮的隊伍，熙熙攘攘上百個牌子，數百上千個人，猶如遊街一般往街坊裏穿過，看的人眼睛都直了，這是什麼陣仗？這整個朝廷相當於搬空了一半，各方面的人物，公侯王爺們竟都在裏頭。

就是舉牌子的，也都是孔武有力的禁軍，一個個虎背熊腰，在前開路，後頭是熙熙攘攘的王公大臣，王公大多是不要臉的，還挺得意，搖著扇子四處招呼，三五成群嘻嘻哈哈。

就是大臣不同，臉臊得慌，垂著頭跟撿錢似的，縮在隊伍裏頭，像是入花轎的大姑娘，總要扭捏那麼幾下。

但也有幾個年輕的官兒湊熱鬧的，大多是新晉的進士，不少是和沈傲同科的，所以也不覺得有什麼丟人，在這裏頭見了上官，自然要打招呼：「啊，鄧主簿也來了，今日不是鄧主簿去部裏值堂嗎？」

這位鄧主簿臉更紅，他是那種丟在朝裏不上不下的人物，承沈傲的情，竟是給他下了帖子，當然不願錯失這個機會，所謂大樹之下好乘涼，巴結上了沈傲就等於搭上了中書省和宗親王爺，更有宮裏的楊公公遮風避雨，早晚有出頭的一天。因此他大清早起來，特意去告了假，便來了。

誰曾想到那個沈楞子竟是叫人來充場面的，這臉皮往哪裡擱，尤其是見到自己的下屬，立即言語閃爍道：「哦，是楚賢啊，今日告了假，來湊湊熱鬧。」

他捏著鬍鬚，故意作出一副淡然的樣子，臨末了還怕人家看出異樣，故意哈哈乾笑一聲：「難得京城裏有熱鬧湊嘛，隨便來看看，你怎麼來了？」

這位新晉進士笑呵呵的道：「我和沈大人從前是同窗，他的場自然要來捧的。這一趟是去鄧家保媒，咦，東城鄧家，莫不是鄧主簿家裏？」

鄧主簿嚇得臉都綠了，期期艾艾的乾笑：「怎麼可能，東城姓鄧的也不少嘛，我又沒有女兒，倒是我二弟有一個，不過也沒聽到什麼風聲有人來做媒的，說笑了，說笑了。」

他一直保持低調，混在人群裏不做聲，這時聽了那新人的提醒，立即打起了精神，這一看，還真是去他家裏的路，他口裏雖說不打緊，心裏卻是駭然，待又拐過了一條街角，越來越覺得不對勁，這一路過去，還真是往他家裏去的。

不行，得去問問，拉來一個好事的監生去問，這監生眉飛色舞：

「大人不知道？嘿嘿，昨個兒陸公子請了媒婆去說合，結果鄧家有個叫鄧通的，說什麼陸公子配不上他的女兒，這也是常有的事是不是？結果呢，誰曾想到陸公子和沈大人連著親的，好像陸公子是沈大人的表弟，沈大人聽了，自然火冒三丈，已經放了話，說鄧家是什麼東西，他家的女兒不娶來，這事兒不肯甘休，今天叫宗室王爺、公侯大臣們來還只是打頭陣，若是鄧家還不肯，那就只能請聖旨、懿旨了，不信鄧家不服軟。」

監生壓低了聲音：「據說還有最壞的方案，我也是聽幾個王爺議論得來的，沈大人說了，實在不行就只能搶親了。」

鄧通……搶親……

鄧主簿嚇得臉都綠了，這還了得，原來這把火是往他家燒啊，虧得自己還傻乎乎的跟著來，這怎麼辦？惹到了沈楞子，斷是落不到好的，梁師成、蔡攸這些通天的人物，哪一個不是高不可攀，結果如何？雖說這位沈楞子待罪家中，可是要看輕了他那就大錯特錯了，人家待個哪門子罪，見過有誰待罪了還三天兩頭往宮裏跑的嗎？見過待罪的還有這麼多宗室公侯和他勾肩搭背的嗎？

「我的娘，這下完了。」鄧主簿二話不說，立即抽了個空子，飛快的往家裏跑。

到了府門，已是上氣不接下氣，門房見了大老爺回來，過來攙扶他：「老爺，這是怎麼了？」

「怎麼了？大禍臨頭了！」鄧主簿大叫：「還不快把老二叫來，快。」

到了廳裏，二老爺鄧通疾步趕過來了，見了他這位大兄，看他心急火燎的，有點兒不知其所以然，這好端端的赴宴，怎麼這般的回來了，大兄的性子他是知道的，性格最是沉穩不過，再看他現在的模樣，實在失態的很。

他還沒有向大兄行禮，鄧主簿已經心急火燎的問：「我問你，昨個兒是不是有人來提親？」

鄧通連忙將昨天的事說了，鄧主簿拍著桌案道：「哎……二弟啊二弟，你是糊塗了啊，現在人家要找上門了。」

鄧通道：「我的女兒，嫁與不嫁，又有什麼關係？再者說了，那個姓陸的在洪州或許還有幾分臉面，可這是汴京，又怕他個什麼。」

「陸家咱們當然惹得起，可是沈楞子你惹得起？楊戩楊公公你惹得起，宗室王爺你惹得起？還有祈國公、衛郡公、國子監、殿前司、鴻臚寺、御史台、大理寺你惹得起嗎？」

鄧主簿報的一串名字，鄧通還真沒有一個惹得起的，臉色微變：「這和姓陸的小子有什麼相干？」

「不相干我急匆匆的回來做什麼？你當是玩兒嗎？直說了吧，那沈傲已經帶著人來保媒了，這門親事不應也得應，否則莫說兄長的這點前程，就是咱們鄧家，也別想落個好。」

鄧通原本還有點兒氣短，可是此刻聽兄長這般沒頭沒腦的臭罵一頓，也有點兒不悅：

「女兒是我的，我想嫁給誰就嫁給誰，再者說了，我就這麼個女兒，怎麼能說嫁就嫁，這門親事，我還是這句話，不成。」

「你……你……到了這個時候你還端個什麼架子，你就不怕咱們鄧家受了你的連累？」

「連累？」鄧通血氣上來，捏著鬍子道：「連累什麼？我就不信了，不嫁個女兒，還有人要殺我的頭，到哪裡我也不怕說理去，就是蔡京蔡太師來，我也不嫁。他還能殺我的頭？」

「你是瘋了，跟蔡京還能說個理，你不是有理嗎？去和沈楞子說去，你不要命，那我也不說什麼，你自己思量吧。」鄧主簿落了個沒趣，拂袖就走。

鄧通還不依不饒的道：「你別給我戴這麼大的帽子，嫁個女兒不用別人指教。」

「你這是瘋了，真的瘋了。」

大爺和二爺在裏頭吵翻了天，外頭的人也不敢進去勸，三爺鄧達恰好今日不必去京兆府値堂，聽到這邊動靜，也過來，一聽之下，跟著老大一起勸：

「這個沈傲是天下最惹不起的人物，多少人死在他的手裏你就沒有聽說過，惹惱了他，全家都要遭殃，二哥，你聽一句勸，這事兒沒這麼簡單。」

三兄弟吵了個不亦樂乎，冷不防地一個下人急匆匆地過來稟告：

「有人來了，好多人，府裏上下都讓他們圍了，說是來保媒的，不過依小人的估摸，或許是來滋事打架的也不一定。」

鄧主簿嚇得面如土色，老二老三也都吸了口氣，別看方才鄧通口氣大，可是人到了跟前，若說他不心虛那是假話。

方才老大和老三說起那位沈大人的惡處，他口裏是不以爲然，心裏卻是七上八下；只是捨不得女兒，又有點兒看不起陸之章，所以這把老骨頭還在這兒硬頂著，不肯鬆口。

鄧主簿苦笑一聲，道：「先不說別的，接人去吧。」

「對，先接人，有什麼話兒待會說。」

鄧通總算和大兄達成了共識，心急火燎地趕去門房，一看這陣勢，立即倒吸了口涼氣，門房之外，竟是如林的牌子，這個王，那個侯，還有各部堂的大臣，他長這麼大，還真是沒有見過這般來保媒的，那氣勢更是矮了一截。偷偷看了臉色沉重的大兄一眼，心裏想：

「只聽過汴京有個才子叫沈傲，頗得聖眷，想不到此人還有這般的本事，弄出這麼大的動靜。」

沈傲在那邊已經翻身下馬，哈哈大笑，震得屋瓦的灰塵都要撲簌掉下來，接著許多人跟著他一起進來，鄧主簿滿臉苦澀地迎上去，一個個行禮：

「晉王爺好，齊王好……沈大人好。」

沈傲身後的人七嘴八舌，一個個道：「保媒，保媒，快叫你家小姐出來，啊不，小姐就不必叫了，誰是鄧小姐他爹……」

沈傲連忙制止這些人，道：「諸位，諸位，我們是來做媒的，要講理，以德服人，不要鬧哄哄的亂叫。」

接著握住鄧主簿的手，如沐春風地笑道：「不知這位大人高姓大名？哪一位又是鄧通鄧世伯？」

鄧主簿穿的是緋衣公服，所以一眼就看得出他也是在朝做官的，鄧主簿見沈傲語氣不至不善，心裏鬆口氣，拉來鄧通：「鄙人鄧恆，見過沈大人。這位是舍弟，鄧通。」

「噢。」沈傲看了鄧通一眼，朝他微笑，又對鄧主簿道：「不知大人在哪裡公幹？」

鄧主簿答了戶部，沈傲立即點頭：「戶部好，戶部好。」

一旁的晉王趙宗不知從哪裡冒出來，插口道：「戶部好個屁，天天對著算盤珠兒也叫好？」

沈傲立即板起臉，朝趙宗道：「王爺，你是來做媒的還是來找麻煩的？」

趙宗驚愕地道：「做媒？不是說來搶親的嗎？」

所有人一下子都不自在了，鄧家三兄弟臉色很難看，偏偏還不能露出怒色，得笑，只是鄧主簿的笑比哭還難看。

沈傲立即拉著鄧主簿道：「鄧大人別聽他胡說，我們是來做媒的，搶親是沒有的事，真要搶親也不叫這麼多大人來做見證是不是？咳咳……大人這宅子好，書香門第，果然不一樣。」

鄧主簿朝鄧通使了個眼色，鄧通會意，擠出笑道：「諸位大人辛苦，總不能站在門外頭說話，請入內喝茶吧。」

數百個人進來，縱然是鄧家再大，一時也忙不過來，大廳、小廳、書房都坐滿了人，偏偏哪一個都是吃罪不起的人，不能怠慢，所以這府裏上下忙得團團轉，斟茶遞水不說，還要時刻防備有人趁亂滋事。

沈傲被請到了書房，與鄧家三兄弟坐定了，沈傲先說明了來意，接著端著茶，慢吞吞地道：「諸位也知道，我沈傲是最講道理的，我時常告誡別人，讀書人就該講理，有什麼話不能好好說的？」

鄧主簿三兄弟乾笑，紛紛點頭：「對，要講理，講理。」鄧通的額頭上已經滲出冷汗，心裏不由地埋怨一句：講理你還帶這麼多人來？

沈傲繼續道：「我今天來，講的就是一個道理，實話和你們說了吧，我家表弟對鄧小姐神往已久，否則以他的身世，早晚是要入朝做官的，何必一定要娶你家小姐？」

鄧通道：「做官？據我所知，他並沒有功名吧。」

沈傲喝著茶，依然慢吞吞地道：「誰說有功名才能做官？朝廷是官家的，他說誰做就誰做，你是生意人，官場上的事你不懂，不信你去問鄧大人。」

鄧主簿只好道：「道理是這樣的，不過沒有功名，最多也不過是以武入仕罷了。」這意思是說，就算陸之章做了武官，也沒什麼了不起，他家不太稀罕。

沈傲乾笑：「誰說是以武入仕？實話和你說了吧，我打算聯名諸位大人上一道奏疏，請陛下在翰林書畫院中下設圖書院，像我表弟這樣的人，進去領個侍讀、待詔不成問題，雖是清貴的閒職，可好歹也是個三四品的大員不是？」

沈傲這般一說，鄧通眼眸閃動，倒是有些心動了，這年頭還是官最大，管你做什麼生意，遇到了官，這底氣也就沒了，若是陸之章當真能入仕，再加上他的身世和沈傲的關係，倒也算是一門好姻緣。

不過方才他在兩個兄弟面前拒絕的不留餘地，現在若是點頭首肯，總有那麼點兒拋不開面子，所以自始至終都不表態。

沈傲繼續道：「況且我表弟和貴家小姐心心相印……」

鄧通坐不住了，打斷道：「大人，我鄧家是規矩人家，大人這話太過了吧。」在這個時代，你要是說人家女兒和人心心相印，差不多是刨人祖墳的勾當了，鄧通有這麼大的反應，倒也不為過。

沈傲哈哈笑道：「世伯先聽我說嘛，其實這事兒要掩也掩不住，實話和你們說了吧，這個……這個……還是算了，不說也罷，我這一趟來，既是要保媒，成全了表弟，另一方面也是要掩蓋住這件事，哎，年輕人衝動些是難免的，遙想當年，我還很年輕的時候……」

鄧通聽了，真是氣得半死，沈傲這話裏的意思，不就是說自己的女兒和姓陸的有私情嗎？只是這私情到底到了什麼程度，沈傲卻在打哈哈，這種事可不是開玩笑的，讓人知道，莫說笑掉人的大牙，將來這女兒還有誰娶？

心裏轉了許多念頭，也不知沈傲的話可信不可信，可是這種事就怕萬一，這沈傲也是個大嘴巴，就算沒影的事他要造這個謠，只怕這事兒也難辦。

沈傲還在繼續說：「哎，大家講道理嘛，我表弟如此侮辱了女兒家的清白，本大人聽了，真是氣不打一處來，哼，大丈夫就要有擔當，私情算個什麼事？」

鄧主簿不敢吱聲了，這事到了這個份上，還真得等鄧通拿主意；鄧通苦澀地舔了舔乾癟的嘴唇，艱難地道：「我就這麼個女兒，嫁去洪州，天各一方的，哪裡捨得？」

「這好說，我做主了，我表弟就留在汴京，他將來要在汴京做官的，哪裡能回洪州去。」

「我們鄧家好歹也是有些家業的人家，這六禮可不能太寒酸了。」

沈傲就笑，抱著茶盞蹺起了二郎腿：「你開個單子來，不要客氣，我沈傲給的只多不少。」

鄧主簿立即道：「哪裡能勞煩沈大人破費。」

沈傲道：「陸家出一份，我這兒也有一份，我和陸之章是兄弟，該出的不會少。哈哈，鴻臚寺雖然是個小衙門，可是油水還是有的，放心，這點錢兒我拿得出。」

鄧主簿嚇了一跳，臉都變了，沈傲這話不是說他在戶部撈了油水嗎？立即肅容道：「沈大人，鄙人也是讀書人出身，潔身自好還是有的。」

沈傲只是呵呵一笑，笑得鄧主簿後脊發涼；這時有下人進來，急促促地道：「不好了，不好了，鬧起來了。」

沈傲站起來：「什麼鬧起來了，走，出去看看。」

帶著鄧家三兄弟出去，挑眼一望，還真是鬧起來了，那薊州侯不知怎麼的爬上了樹，下頭的人怕他摔了，一個個在下面勸，這個說：「侯爺小心。」那個道：「快下來，別摔著了，爬上樹哪裡看得到人家的後園，陸小姐會站出來給你看？」

這邊吵作了一團，還有人問樹上的小侯爺：「鄧小姐看到了嗎？長得什麼樣？」

薊州侯很認真地掛在樹枝上張望，喃喃道：「方才誰說爬上樹就可以看到陸小姐的？我怎麼看不到。」

這位薊州侯還算是天真浪漫，最讓人跌眼鏡的，是一個傢伙居然點起了火，點了火還不算，居然還叫人攏了稻草來，那火遇到稻草，劈裏啪啦的頓時燃燒起來，大家一起笑：「燒了這院子，鄧小姐在後園一看，一定會嚇一跳，到時候花容失色地跑出來，咱們就搶了她走。」

「……」沈傲只乾笑著。他突然記起來了，請來的這些人，還真沒幾個好東西，許多公侯打發了子侄過來，這些子侄卻都是唯恐天下不亂的傢伙，尤其是一群這種人湊在一起……

沈傲連忙安慰哭笑不得的鄧家三兄弟：「沒事的，沒事的，他們只是玩一玩，鬧不出什麼事來的，哈哈……不必擔心。」

那一邊不知誰踢了火，那火星頓時四濺，掛在地上、牆上、花叢裏，頓時火勢更旺了。

「沒事，沒事，叫人踩一踩火就滅了。」沈傲雖臉上乾笑，臉色有點難看了。

鄧家三兄弟一個個瞪大了眼睛，連話都說不出了。

那一邊一群侯爺、公爺們四散奔走，紛紛喊：「失火了，失火啦……」原來是恰好一陣大風吹過，火借風勢，頓時呼呼引燃了乾草、木質長廊……

「草！」沈傲朝著這群活寶叫道：「救火！」

那一邊的薊州侯聽到失火了，嚇得手腳一軟，從樹上摔下，砸倒了幾個人，這裏人本來就多，被這麼一喳呼，一時大亂，有人從裏頭衝進去：「哪裡失火？哪裡失火？」有人從外頭往裏擠，抱著頭叫：「快跑，快跑……」

是日，鄧府大火，相互踐踏受傷者不計其數，等到京兆府的差役趕到時，大火已燒掉了兩間屋子，好在這些人救火的本事不怎麼樣，跑路的功夫卻都是了得，竟是全部生還，也算是著火史上的奇蹟。

來時無比光鮮，吹拉彈唱，回時卻是如鳥獸散，沈傲從鄧府倉皇逃出，連邃雅山房都不好意思去。

先回到家中，撞見了周若幾個焦灼地要上馬車出門；她們見了沈傲，都鬆了口氣，一個個圍上來，道：「聽說鄧府失了火，你又去了鄧府，可嚇死我們了，怎麼？沒有事吧？」

沈傲哈哈乾笑道：「爲夫怎麼會有事？好得很！一點事都沒有！怎麼？鄧府失火了

嗎？我怎麼不知道，哎呀，他們怎麼這麼不小心。」

周若放下了心，便笑著道：「你這媒婆作成了嗎？鄧家怎麼說？」

沈傲見她們沒有起疑，鬆了口氣，道：「當然作成了，過幾日送六禮去。」

蓁蓁就笑：「到時候少不得還叫你這媒婆去送。」

想到再去鄧府，沈傲的腦門滲出絲絲冷汗，就算是自己的臉皮厚比城牆，把人家的宅子燒了也不好意思再去了，拚命乾咳去掩飾尷尬，笑呵呵地道：「我日理萬機，每日陪著三位夫人就已經很忙了，這等小事就不必去了，隨便打發個人去就是。」

周若興致勃勃地道：「那麼就讓我去吧！鄧小姐想必也是大家閨秀，今次給她送了六禮去，往後叫她來家裏玩。」

沈傲板著臉道：「你湊什麼熱鬧，都不許去。」說罷，便大搖大擺地道：「我要洗個澡，睡覺。」

沈傲的話音剛落，就有個監生奔過來，道：「沈兄，沈兄，不好了，不好了，那火勢變大，燒了鄧家兩間屋子。」

沈傲當作不認識他，瞪大眼睛道：「兄台是誰？」

監生道：「我是吳剛啊。」

沈傲撇撇嘴，無情地道：「吳剛？不認識，劉勝呢，死哪兒去了，打發他走。」

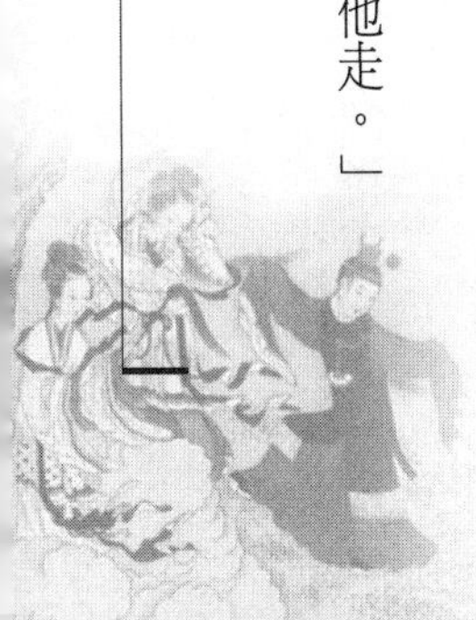

說著，沈傲灰溜溜地鑽進府裏去，閉門謝客，再不敢踏出門一步，這一下鬧得太大，玩過火了，事後回想，怪只怪自己低估了那些紈褲子弟拆牆放火的本事，隊伍一大，就帶不住了。

清心寡欲了幾天，終於還是忍不住寂寞，又打發人去邃雅山房問話，問話的人回來，說是鄧家已經和陸之章接了頭，算是同意了這門親事，只等陸公子去送六禮。

沈傲鬆了口氣，看來那鄧家只燒了兩間屋子，還不至於遷怒到親事上去，於是又固態萌復，膽子壯了幾分，四處閒逛去了。

少宰府邸與蔡府毗鄰，平時兩家之間在院牆處通了個小門，走動得也勤快，只是如今物是人非，就是那小門，也被蔡家人用砌牆堵住。

王黼這幾日也有點兒心虛，待在家裏極少走動，只是今日兩個御史找上了門，王黼叫他們在廳中等候，足足過了半炷香，才慢吞吞地出來會客。

這兩個御史一個叫沈漠，一個叫吳燦，都是王黼的得意門生，王黼將他們安插在御史台，自然有其用意。

王黼慢吞吞地喝著茶，沈漠已經忍不住道：「老師，新來的消息，那沈傲又胡鬧了，帶著許多人去說媒，還把人家的屋子燒了兩間。」

王黼慢悠悠地道：「這事兒我也聽說了。」

沈漠是個急性子，道：「我和吳燦已經商量好了，打算借著這個因頭，參他一本，老師以為如何？」

王黼搖頭：「只憑這個還參不倒他的。」

吳燦在旁道：「參不倒也得參，現在咱們和沈傲水火不容，不是他死就是我亡，老師在他眼裏，早已是眼中釘肉中刺，現在好不容易治了他一個待罪，若是錯失良機，讓他有了喘氣之機，老師覺得還能獨善其身嗎？」

王黼抿著嘴，這幾日閉門謝客，他也算是理出了頭緒，畢竟混跡官場許多年，終究還是看清了厲害。眼下要對付沈傲，其他的罪名都是虛的，宮裏頭有官家袒護著，誰也動不了沈傲的地位。

真正的殺手鐧還是太皇太后，關鍵還是祭出這宮裏頭的老祖宗來，只要咬定了懿旨，以孝義的名義死壓著官家遵照懿旨，徹底讓沈傲變成草民，只有這樣，才能永絕後患。

只是現在陛下既不遵懿旨，又不否定，只是一個待罪，擺明了想和稀泥，這樣猶豫下去也不是辦法，太皇太后近來身子骨本就不好……

身子骨……王黼靈機一動，雙眸一張，眼眸中閃過一絲陰冷。

有了！

「你們呢，也不必急，急個什麼？你們若是真肯爲我做事，現在就去搜羅沈傲的罪證，條條框框的都列出來，言辭犀利一些，但是這事兒不要和人說，向誰也不要提起，至於其他的事，就由我來辦吧。」

似乎想鼓舞這兩個門生，王黼頓了頓又道：「不出五日，必定能分出個勝負來，你們也不必去做御史了，我和太師合計合計，給你們另外安排個差事。」

沈漠、吳燦大喜，連忙拜謝道：「爲老師做事，是我們的本份，」

「去吧，我要進宮一趟。」

等兩個門生走了，王黼叫了人來，坐了轎子入宮。

到了第二天，宮裏頭傳出消息，太皇太后病了……

這件事在宮外頭並沒有掀起波瀾，可是有心人聽了，卻都一個個變得古怪起來，最急的是周正，急促促地趕到沈府，沈傲見了老丈人，有點兒心虛，請他到廳裏坐，道：「岳父，要不要叫若兒來。」

「不必。」周正表情凝重，開門見山道：「太皇太后病了。」

「病了？」沈傲愣然，隨即落座。

周正苦笑道：「說句不該說的話，若是真的病了，對你或許還有幾分好處，怕就怕是心病。」

見沈傲點了點頭，周正又道：「若真是心病，你打算怎麼辦？」

沈傲想了想，苦笑道：「無計可施。」

沈傲這時真是沒轍了，如今太皇太后「病」重，這個時候，若是有心人推波助瀾，結局會怎麼樣？越是在這個風口浪尖上，越是皇帝向太皇太后表現孝心的時機，若是王黼站出來，提醒皇帝一句，陛下還沒有遵從太皇太后的懿旨呢……

完了，徹底地完蛋，縱然趙佶萬般的不情願，這個時候若是再不表現出「孝心」來，非但群臣不會滿意，便是天下人也會唾棄。

身爲君王，表現不出德行，後果是非常嚴重的，那麼捨棄沈傲，維護自己的孝心就顯得非常重要了。

「太皇太后這個時候病，病得還真是時候。」沈傲意味深長地說了一句，雙手一攤：「岳父，事到如今，我只能黯然收場，好好做一個良民百姓了。」

周正憂心忡忡地道：「總會有辦法的，或許再想想就來了。」

沈傲搖頭：「這一次真的是無計可施了。」他想了想，繼續道：「能化解這一次危機的只有一個人，除他之外，誰也沒有辦法。」

「你說的，莫非是陛下？」

沈傲嘆了口氣，不說話。

周正也不由地嘆了口氣，道：「實在不行，你也不必怕，有我在，你就是只做平民百姓，也沒有人能動你分毫。」

沈傲笑呵呵地道：「有岳父這句話，我就放心了，將來我的生意若是也做不下去了，乾脆我入贅好不好？搬回周府去！」

周正無語，這傢伙方才還黯然失色的樣子，突然間又變了個人似的，入贅？虧沈傲想得出來，他周正沒有兒子嗎？如果沈傲要是真肯入贅，周正也不至不肯要，只是這傢伙口花花的話當不得真，因此周正只是淡笑置之不理。

周正又讓沈傲叫了周若來，和女兒說了幾句話，在周若面前，當然絕口不提宮裏的事，只是叫她做個好夫人，和其他幾個夫人相處起來儘量忍讓之類，接著便勉強擠出笑容，由著沈傲和周若送走。

第一六九章
鹿死誰手

他步出講武殿，看了天際的浮雲一眼，得意一笑：

「鹿死誰手，就要見分曉了吧，沈傲，我倒要看看，你到底有什麼絕處逢生的本事。」

想罷，王黼便似笑非笑地負著手，慢悠悠地踱步出宮。

時間慢慢過去，太皇太后病重的消息已經越傳越廣，有說官家幾日不敢寬衣解帶在榻前伺候，也有說太皇太后病情已經越來越重，就等大赦天下。各種猜測都沒個準頭，卻在這個時候，王黼終於有了動作。

確切地說，有動作的不是王黼，而是兩個御史，兩份奏疏遞上去，立即引起軒然大波，朝中既無人敢附和，也絕對無人敢反駁。

「今月中，得進奏吏報云，太皇太后身體欠安……此心疾所致也，陛下以仁孝治天下，而太皇太后懿旨何不照准？如此，則流言不攻自破，太皇太后病體安癒指日可待也……」這封奏疏的意思十分明確，臣在月中聽說太皇太后病了，這是心疾所致，太皇太后的心疾乃是她的懿旨得不到陛下的遵守。現在天下已經流言四起，都說陛下不能作出表率，體念不到天家的孝行，臣萬死，請求陛下立即遵照太皇太后的旨意，責辦誘惑陛下私巡的沈傲，從重懲處，如此一來，心病一去，則太皇太后的身體就會漸漸的轉好，陛下的孝行也將感動天地。

小小一封奏疏，卻是暗藏殺機，忠孝這個招牌，有些時候足以讓人人頭落地，縱然沈傲再受官家寵愛，到了這個時候，若是再不作出決定，這個不孝的高帽戴下來，問題就大條了。

這個時候，舊黨只能選擇沉默，這個奏疏就像是一個陷阱，它能殺人，同時也能將任何對它進行攻訐的人陷於死地，因為誰攻擊了它，就是破壞了規則，這個規則比皇帝還大，是這個王朝運轉的核心。

忠義禮孝，孝雖然排在第四位，可是對於天家，卻是重中之重，天家可以摒棄忠義，可以不要禮法，因為孝就是最大的禮法，失去了這個孝字，還談個什麼禮？

當奏疏遞上去，所有人不由遍體生寒，心裏只有一個念頭，這位王黼王大人，果然夠狠，如此毒計，也虧得他能使得出；拿孝義來做文章，歷朝歷代不是沒有，只是這位王少宰玩得更熟稔，更無懈可擊。

王黼如常上朝，卻彷彿和這一道奏疏沒有干係，見了同僚，還是和從前一樣淡淡然的打招呼，他表面從容，心中卻情不自禁地笑了。

到了下朝的時候，他步出講武殿，看了天際的浮雲一眼，得意一笑：「鹿死誰手，就要見分曉了吧，沈傲，我倒要看看，你到底有什麼絕處逢生的本事。」

想罷，王黼便似笑非笑地負著手，在許多畏懼的眼色之中，慢悠悠地踱步出宮。

四人抬的藍呢小軟轎子，既不張揚，也不丟了身分，四個腳夫高矮相同，一般的矯健，腳步一致，穩穩當當的抬轎到了蔡府門口。

腳夫小心放轎，裏頭的人卻還不肯出來，蔡府的門房飛快進去稟告，才有一個胖墩墩的管家疾步過來，走到轎旁，小心翼翼的躬了腰，輕輕撩開布簾子，低聲道：「老爺，到家了。」

裏頭的人嗯了一聲，問了一句：「家裏頭還好吧？」

「好，好得很。」管家回答的順溜，這個回答他每天都要回答一遍，風雨不阻。

裏頭的人慢吞吞的扶著管家的手出來，微顫顫的腳踩了地，站直身子，反轉手去拍拍管家的手背，管家會意，抽回手去，意思是說老爺不必人扶了。

出轎的人正是蔡京，蔡京氣定神閒的踱步過了門房，管家小心翼翼的跟在後頭伺候，蔡京突然頓腳，似乎是想起了什麼：「去和門房說，王少宰今個兒若是來了，就開中門，請他進來。」

管家一愣：「老爺不是說不見他了嗎？」

蔡京淡淡一笑：「今日不同往日，按著我說的辦吧。」

氣定神閒的邁起步子，到了小廳，漱口水已經準備好了，漱了口，由兩個小婢換下了朝服，仍舊是一碗參湯，慢吞吞的喝了一半，不需人吩咐，自有小婢端下去。

蔡京坐著養了會神，突然又道：「王少宰家的那堵門牆該拆了，對了，我記得他的夫人過幾日就要過壽吧，哎……又老了一歲，人生苦短，活著不易啊，去，叫蔡絛準備著禮物，提前送了去，給王夫人祝壽。」

管家應了，下去吩咐了又回來，滿腹的疑惑道：「老爺……」

「你不必問，問了我也不和你說，時候也該到了，王少宰怎麼還沒來？」

管家苦笑：「他吃了幾回閉門羹，現在肯定是不會來的，要不，請個人拿著老爺的名敕去請一下？」

蔡京搖搖頭：「不必。」

過了一會兒，門房那邊過來道：「老爺，王少宰求見。」

蔡京微微一笑，朝官家道：「你看，這不是來了？去，請他進來。」

過不多時，王黼一身朝服還未換下，便風塵僕僕的跨檻進來，恭謹的朝著蔡京一禮，道：「太師。」

「噢，是將明啊，來，坐下說話。」

王黼坐下，正要開口，蔡京已經笑了：「想不到這一回那沈傲卻是栽在你的手裏，後生可畏，後生可畏，你這一道奏疏上去，沈傲是絕無生理了，這一個法兒好，連老夫都蒙在鼓裏。」

王黼矜持地笑了笑：「八字沒一撇，誰知道會出什麼周折。」

蔡京搖頭：「陛下的個性我清楚，別人的帳他可以不買，太皇太后和太后的帳卻不是他能作得了主的，更何況太皇太后『病』了，這件事又干係著孝行，他耳根子軟，被人一催促，保準能下定決心，等著瞧，不出幾日，肯定會有消息。」

王黼頷首道：「所以這才來和太師商議，現在是該催促陛下下決心了。我這裏有一本奏疏，是下頭人幫忙搜羅的罪證，門生呢，也幫著添了幾筆，潤色了一下，請太師過目。」

小心翼翼地將一封草稿奏疏遞上去，蔡京翻開一看，便合上拋到一邊，搖頭：「這奏疏不成。」

「不成？」王黼倒是有點兒不服了，這份奏疏他是花費了不少心血的，本想著還能得太師幾句褒獎，結果太師只看了一眼就斷然否決了。「請太師賜教。」

蔡京闔目捋鬚，似在心裏頭打著腹稿，半晌才道：

「不要羅織罪名，天大的罪這個時候不但起不到落井下石的功效，反而會適得其反，也不要說什麼從重裁處，什麼抄家、會審的話都不要說，你這一說，陛下念起沈傲的情分，反而會起冒天下之大不韙的心思去保護他。攻訐的越猖獗，沈傲越能脫身，你可不要忘了王之臣的前車之鑑。須知這沈傲和官家的關係早已超越了君臣，沈傲犯下的這些罪，官家說不準也有份，你罵了沈傲，不就是罵今上嗎？」

王黼聽得連連點頭：「這麼說，什麼罪名都不提？」

「不提！」蔡京口氣堅決：「只說孝義，多說些太皇太后的好處，當年陛下即位，太皇太后可是出了不少力，說了不少好話的，這些都要寫上。」

王黼頷首點頭：「只是這奏疏該誰遞上去？人少了不起效，人多了又怕衛郡公那邊使壞。」

「哼，石英使不了壞，這個時候，誰也不敢站出來說個不字。人嘛，咱們有的是，這議政就像行軍佈陣，人嘛，當然越多越好，卻也不能亂，得有條不紊，保持了一致才有殺敵之效，知會下去，都按著孝義這個題來寫，寫得好了，少不得他們的好處。」

王黼一聽蔡京的話音，心知這位老狐狸是要親自出手了，太師沉寂多年，起復之後更是處處受制，卻一直不肯出手，今次親自上陣，王黼頓時喜出望外。只要蔡太師肯出手，一定有必勝的把握，這一次，沈傲死定了。

蔡京慢吞吞的道：「好啦，我也乏了，說了這麼久的話，是該去睡個回籠覺，其餘的事你自個兒掂量著辦，放手去做。」

王黼點了頭，起身告辭，臨末了，蔡京又道：「有空多來陪陪我，我都是半截入土的人了，身邊總想找個說話的人，兒孫都有自己的算盤，不貼心。」

王黼笑吟吟的道：「是。」

就在王黼奏疏遞上去的第二天，恰是宣和五年四月初八，這一日清晨霧濛濛的，朝

臣們一早到正德門外候進，宮裏頭卻傳來了消息：「陛下伺候了太皇太后一宿，現在已經歇了，奏疏都遞到門下省去。」

於是眾臣紛紛散去，只是這宮裏頭卻沒有消停，到了上午，門下省的奏疏就遞了進去，足足是四個箱子，四百三十一本奏疏，這沉甸甸的奏疏送到了趙佶的寢宮，趙佶立即皺起了眉，楊戩還沒有從蘇州回來，鑾駕還留在那兒，總還要善後，因此身邊的小內侍看了趙佶的臉色，立即嚇得不敢吱聲。

趙佶不看奏疏，只是淡淡道：「怎麼?都是門下省送來的彈劾疏?」

「奴才不知道。」

「哼，這個沈傲，怎麼就惹了這麼多人，這叫牆倒眾人推，平時不修剪，到了這個時候，人家巴不得對他落井下石。」他埋怨了一陣，終於還是從榻上坐起來，隨手撿起了幾本奏疏看了看，又丟到一邊：「拿去存檔吧。」

小內侍道：「陛下還沒看完呢。」

「叫你存就存，朕不必看，也知道這些奏疏說的是什麼!拿走。還有，叫個人去後宮再探探太皇太后的病，看看好轉了一些沒有，就說朕再過個時辰就過去，太醫院那邊也沒有診斷出個病根來，也叫個人去傳話，叫他們別耽誤了太皇太后的病，也不要耽誤了自己。」

趙佶顯得異常平靜，分毫也不紊亂，隨手又撿起一份榻前的邃雅周刊，慢吞吞的去看，看了足足一個時辰，才叫人換了衣衫，趕到後宮裏去。

問了太皇太后的安，又親自拿著煎好的藥給太皇太后餵服下，太皇太后枕著頭，氣色確實差了幾分，叫了聲官家，柔軟無力的道：「你要忙著國家大事，哀家呢，也不必你這麼勤快的伺候，每日來問個安也就是了，何必這麼麻煩。」

趙佶在旁欠身坐定，小心翼翼的給太皇太后掖好被角，笑道：「朕這不是趁機偷個懶嘛，連上朝都省了。」接著又道：「再者說了，這是朕應盡的孝心，太皇太后的恩義，朕畢生難報。」

太皇太后聽了，反而覺得有點兒慌亂，眼眸閃爍的看了趙佶一眼，故意將眼角撇到一邊去，不敢去看趙佶的眼睛，乾笑道：「將來那些朝臣肯定是要罵我的，我這老太婆還是死了乾淨，省得教陛下分神。」

原本想說個笑話，結果這笑話說出來卻不覺得有什麼可笑之處，太皇太后只好道：「外頭可有什麼消息嗎？」

趙佶道：「還不是沈傲的事，到了這個份上，朕也只能裁處他。」吁了口氣，眼眸中閃過一絲悲痛，隨即毅然道：「太皇太后寬心，朕按你的懿旨去辦。」

太皇太后抿抿嘴，卻不說話，對沈傲，她也沒有什麼刻骨銘心的仇怨，只是覺得既然下了懿旨把人都得罪了，還是斬草除根的好，省得那姓沈的成日和太后混在一起，惹來自己的不快。只是見了趙佶這般模樣，讓她心裏頭有點兒不忍，女人心硬也心軟。

趙佶則刻意不再去提及沈傲的事，隨口說了幾句從邃雅周刊裏看來的故事，太皇太后也只是應景似的笑笑，二人都是心照不宣，所以談的也不熱絡，趙佶陪著無趣，也只好起身告辭了。

「劉勝，茶怎麼還沒有斟好？」

「少爺，這麼多人，一開始也沒有準備，已經去催了，就快好了。」

沈傲站在院前的天井處，臉色有點兒不好看：「再去催，實在不行，就直接去邃雅山房打包些茶水、糕點來。」

劉勝道：「少爺，你在這兒站著也不是個事，不是？」

沈傲板著臉：「待會兒再進去，我現在不是在忙活待客嗎？」他口裏這樣說，卻是手腳不動，很是頭痛地呆站了一會兒，深吸口氣，才回了廳裏去。

廳裏頭已經坐滿了客人，衛郡公、祈國公琳琅滿目，眾人乾坐著，茶還沒有上來，倒是都有幾分尷尬，間歇傳來幾聲咳嗽，也沒有人發出動靜。

蔡京已經出手了，這一次是沈傲，下一個是誰？明眼人都知道，這位蔡太師不動則已，動起來就必要見血的。事情到了這個地步，在座之人也沒有藏著掖著的必要，眼下說什麼都是假話，沈傲倒臺，就是清算的時候。

石英算是舊黨隱隱中的領袖，可是他這個領袖心裏頭也明白，沈傲對於在座之人，等於是一個擋箭牌的作用，有他在，蔡京還會有所顧及，可是一旦沈傲倒臺之事塵埃落定，這遊戲也算是落幕了。所以無論如何，都得要保住沈傲，這是他來此的目的，只是到現在，誰也拿不出一個章程來，到了這個境地，王黼所設計的陷阱，就像一個無懈可擊的銅牆鐵壁，誰也尋找不到擊破的秘方。

沈傲終於跨檻進來，朝著大家拱手道：「諸位，怠慢了。」

眾人心事重重地起身和沈傲打招呼。

待沈傲坐下，廳堂裏又歸入平靜，落針可聞，連方才的咳嗽也都拼命忍住了。

「沈傲，你是怎麼想的？」

姜敏覺得這事拖下去不是辦法，率先發言。

沈傲笑道：「還能怎麼想，這些話我已和岳父說過，這一次就是神仙也難救了。」

石英道：「話不能這麼說，總有法子的，否則我們這些人來做什麼？」

沈傲想了想，突然問：「要想辦法也可以，只是今兒一早遞上去的那些奏疏到底寫的是什麼，還得搞清楚，現在那些奏疏扣在陛下那裏，不弄清楚，大家什麼事都做不成。」

石英笑了笑，道：「這個容易，宮裏頭還怕傳不出消息？你在裏頭的關係多，要打聽出來，還不簡單？」

沈傲只是乾笑，很矜持地道：「這個嘛，哈哈，談不上什麼交情，一點點而已。」

這傢伙該矜持的一點都不矜持，唯恐天下不亂，不該矜持的倒是裝起來了，眾人不由啞然，石英撇撇嘴道：「到了這個份上，虧得你還能氣定神閒，不知道的，還當你要升官了。」

沈傲乾笑道：「呵呵，說笑，說笑。」

正是這個時候，一個小太監急促促的進來，連稟告都省了，見了沈傲便道：「沈大人，奏疏的事成了。」說著抽出一本摹本來，道：「一共抄錄了四份，敬德公公說，其實這些奏疏沒什麼區別，和這四份所奏的都是一件事。」

眾人一聽，心裏才知道自個兒算是白忙活了，原來這位沈老弟早就安排好了，自個兒還來瞎操心。

沈傲打開摹本的奏疏，只看了幾眼，便將奏疏放下，忍不住道：「蔡京果然是老狐狸，這一手漂亮。」

石英道：「裏頭怎麼說？」

沈傲笑道：「都是些無可辯駁的大道理，忠孝仁義罷了。」

石英沉默，過了一會兒道：「就沒有別的？」

「沒了。」沈傲雙手一攤，將奏疏給石英看。

石英細看了片刻，將奏疏合攏：「不好辦，若是有其他的罪名，或許還可以開脫一下，現在只講這個，我們也只有乾瞪眼的份兒了。」

沈傲點頭：「這就是蔡京的厲害之處，不急於求成，抓住一點，先落實了太皇太后的懿旨。」

「難，難啊。」石英嘆口氣：「這麼多人連還手之力都沒有。」

眾人一陣唏噓，一時無言。

沈傲突然道：「辦法不是沒有，只是不知道有沒有效果。」

石英頷首：「你說。」

沈傲道：「蔡京不願意擴大打擊，怕夜長夢多，我們就把水攪渾了，給他來個夜長夢多。」

「這話怎麼說？」

「容易得很，說不得還要勞煩諸位，立即去搜集我的罪證，給我列出十條八條不可赦的大罪來，要求會審，要抄我沈傲的家，滅我沈傲的族，言辭越犀利越好，不要有什麼忌諱，栽幾個謀逆罪也成，怎麼潤筆，我就不說了，曾大人是御史中丞，這種事他最在行的，有他把關，就再好不過了。」說著，沈傲站了起來，繼續道：「這茶水還沒有來，哎，實在怠慢，不過今日就說到這兒吧，陛下今早就叫我入宮，現在時辰不早，不能再耽擱了。」

眾人面面相覷，還是周正發了話：「那就按著沈傲說的去做，現在只有死馬當活馬醫，總好過在這兒乾坐的好，沈傲，你也入宮去吧，陛下那邊怎麼奏對，你也要小心。」

沈傲點了頭，送諸位大人出去，才匆匆地換了一身乾淨的衣衫。今日他沒有騎馬，而是叫劉勝備了軟轎，一路到了正德門。

這巍峨的宮城沈傲再熟悉不過，只是不知道幾天之後，再來時是什麼光景，他雖然表面平靜，心裏卻是翻江倒海，被人逼到這個份上，從前雖然也狼狽過，可是至少還能看出一線曙光，直到這個時候，他才發覺自己的命運在一定程度上並沒有掌握在自己的手裏，普天之下莫非王土、率土之濱莫非王臣，他對這句話有了更新的認知，一切，都看皇帝的了。

步入宮裏，立即有個小內侍飛快過來，低聲道：「沈大人，敬德公公叫我在這兒久候多時了，他問你，還有什麼可效勞的？太后那邊也放了話，能幫襯的一定幫襯。」

沈傲拉他到一邊，道：「暫時還不必勞煩敬德公公，你回去替我向他問一聲好。不過叫他先做好準備，到時候少不得有不少麻煩他的地方。」

小內侍忍不住多嘴地問：「只是不知要做好什麼準備？」

沈傲目光一冷，道：「除掉王黼！」

這小內侍和沈傲也打過交道，平時見他都是笑吟吟的，很是和善，可是這一句話說出，沈傲全身上下散發著一股說不出的冷意，小內侍忍不住打了個哆嗦，身子不由得矮了一截。

只片刻，那冷意消失，似乎從不曾有過，沈傲露出幾許蕭索，道：「只是叫他先做好準備，眼下還不是當務之急，先求自保再說。」

小內侍點了點頭：「明白，明白，咱家這就去傳話。」他旋身剛走了幾步，身後又傳來一個不容置疑的聲音：「回來。」

小內侍有點兒膽怯地回過身，躬身道：「大人還有什麼吩咐？」

沈傲微微一笑，從袖子裏抖出一張百貫錢引來，塞到他的手裏，道：「拿去喝茶。」

小內侍接過了，腰躬得更低，笑吟吟地道：「謝大人賞。」

接著，沈傲徑直進了文景閣。

文景閣裏，趙佶的臉色很是凝重，聽到沈傲來了，臉色更是不好看，猶豫了一下，明明想和他說幾句話，卻又有點兒不想見他，生怕這一見，會動搖他的決心。

深深嘆了口氣，趙佶才是沉重地道：「讓他進來，所有人都出去。」

沈傲慢吞吞地進來，躬身行了個禮，笑呵呵地道：「聽說太皇太后病了，陛下這幾日在榻前伺候著，想必一定累了。」

趙佶頷首：「你坐。」

沈傲坐下，氣氛有點兒尷尬，從前無話不說，可是今日兩個人像是卯上了，誰也不肯先說話，就這樣乾坐了一會兒，終究還是趙佶繳械投降，語氣依然沉重地道：「朕想不到一個私巡，竟鬧出這麼大的事兒來。」

沈傲恬然一笑：「陛下很為難嗎？」

趙佶點頭：「這一次是朕對你不起，其實私巡是朕的主意，倒是讓你背了黑鍋。若是朕按著太皇太后的旨意去辦，你會怨恨朕嗎？」

沈傲認真地想了想，老實地答道：「怨是會怨，可是恨卻是恨不起，陛下對微臣的拳拳愛護之心，微臣豈會不知？平時若沒有陛下的放縱，微臣也早已死了十次八次了，這一次為陛下背一個黑鍋，也算不得什麼，大不了我不做官了，就安安生生地做個老百姓。不過事先說好，安寧的事，陛下可是答應了的，陛下可不許嫌貧愛富，見我丟了官，便反悔了。」

趙佶聽到沈傲前面的話，心裏頭不禁一暖，更覺得愧對這個傢伙，須知功名不易，遵守了太皇太后的旨意，這就意味著沈傲再有學識，也沒有了再一展抱負的機會。可是聽了後面那些話，不禁啞然，這個傢伙果然是姓賴的，到了這個時候還在打自己的小算盤。

趙佶忍不住板著臉道：「朕在和你說正事，你不許瘋言瘋語。」

沈傲立即老實了，道：「是，是，我們說正事，說到哪兒了？」

說到哪兒了只有天知道，他這麼一說，趙佶準備好的許多話就說不下去了，只好嘆了口氣道：「你這性子說好也好，說不好也不好，好就好在能討人喜歡，不好就不好在一旦別人對你恨起來，就難以不咬牙切齒，朕和你直說了吧，這一次你是牆倒眾人推，單彈劾你的奏疏就有四百份之多，你就這麼招人嫉恨？」

沈傲立即爭辯：「我有的也不全是敵人，朋友也有很多的。」

趙佶搖頭：「朋友多，為何沒有幾個願意出來為你爭辯的？」

趙佶這一句問話，倒是將沈傲問倒了，舔舔嘴，不再爭辯。

趙佶嘆了口氣又道：「你這個人心太粗，只記得看天上和地下，卻不懂得瞻前顧後，這一栽跟頭，落井下石的就來了。哎……朕現在和你說這些話也沒有用，你……」

趙佶目光閃動，眼眸中猶豫了一下，道：「你安生做個百姓，也好！」

沈傲口裏應了個是，心裏卻在想，到了這個份上，想做百姓也不可得了，自己一日不死，蔡京他們就一天不安，有了官職，他們還不敢輕舉妄動，一旦成了庶人，就會動真格的了。

趙佶只知道別人落井下石，卻不知道人家是要斬草除根的，沈傲從容一笑，他的性子就是這樣，別人不惹他，他或許還要去找一找事，如今被人欺上門來，抱怨什麼的他沒功夫，這本來就是零和遊戲，沈傲不想死，就得讓敵人去死。

「沈傲，你為什麼不說話？」

沈傲道：「天色不早，陛下該去給太皇太后問安了。」

趙佶站起來，笑了笑道：「時候是差不多了，你時常進宮來看看朕，金魚袋子朕還給你留著。朕的旨意也就這幾天送出去，你早些做好準備，不要惶恐，朕盡力為你周旋，看看能不能留個爵位。」

沈傲點點頭，心裏知道趙佶不過是安慰他，起身道：「那微臣告辭了。」

「去吧。」趙佶故作輕鬆地朝他笑。

沈傲也笑著道：「陛下多注意身體。」說罷，起身走了，這一走，頗有些老子這一走再不回來的英雄氣概。

第一七〇章
斬草除根

不管這事成還是不成，還真是一點把柄都沒有，

沈傲若是有了東山再起的機會，那殺氣八成是衝著自己來的。

這樣一想，王黼便覺得斬草除根的必要，不是為了那老狐狸，是為了自己。

翌日，門下省。蔡京照舊坐在耳房的太師椅上喝茶，相連的小廳子裏，則是數十個書令史各坐在榻前，將各處的奏疏歸類，幾個值堂的錄事、主事各自坐在堂上，等著一些重要的奏疏上來。

全天下各地送來的奏疏，沒有一千也有八百，可是真正緊要的，卻不過數十本而已，這些都是要呈入宮中的，至於那些不太緊要的，大多知會太師一聲，立即回覆了。

當然，回覆也不是這麼簡單，程序還是要走的，爲了防止門下省專權，回覆的奏疏都要送到中書省去，由中書省審核定奪之後，再抄錄存檔，送到尚書省去執行。

中書省若是審核不過，就打回去，再向皇帝稟告，由皇帝裁處。至於存檔，也是必須的功課，皇帝也不能做睜眼瞎子，每到臘月，便要從存檔的奏疏中抽出一些來檢查，若是發現裏頭有錯漏的，那批註之人可就倒楣了。

這樣的分權設置，等於是將決斷、監察、執行三個權力徹底分開，從而防止篡權。雖是如此，門下省還是當之無愧的中樞，可謂掌握天下軍政。

今日值堂的是錄事王讓，這位王錄事能在門下省謀一個差事，也算是功德圓滿，做個幾年放到朝裏去，一個尚書是穩打穩的，只要蔡太師肯爲他說句話，就是進樞密院，入龍圖閣也不是什麼奢望，因此他辦起事來格外的賣力，但凡是和太師有干係的奏疏，也不怕麻煩，一本本拿去耳房的太師過目。

今日的氣氛有些不同，書令史們也覺得納悶，一本本奏疏上來，都是署了名彈劾的，而且彈劾的人和前兩日一樣，都是沈傲。只是這一次的彈劾，明顯更加來意不善，這個細數沈傲十宗罪，乞開堂會審。那個更厲害，直接栽了個謀逆的帽子，反正罪證也好找，捕風捉影嘛，一件事推理一下，想像力豐富一些，還怕捏造不出？實在不行，模稜兩可一下也成。

這是怎麼了？又是幾百本，奏疏一份份送到了王讓手裏，王讓滿是霧水，須知彈劾奏疏和別的奏疏不一樣，這個不管彈劾的是誰，都需報備入宮送呈御覽的，怪就怪在這些奏疏相當的一致，直指沈傲不說，還都是要命的，這裏頭羅織的罪名，坐實了哪一條都不好過。

「莫非是太師的吩咐？」目標一致，可能性只有一個，那就是在這背後，一定有人搗鬼。王讓心裏頭清楚，那沈傲是蔡太師的仇敵，按理說，是太師的動作倒也並不奇怪，他想了想，決心還是先給太師過目一下，隨手撿了一本文采斐然的奏疏，便小步到耳房去。

太師正闔目養神，打了這麼久的交道，王讓哪裡不知道，這位太師看上去好像睡了，其實比任何時候都要精神，說來也奇怪，這個年過古稀的老人，只要一到門下省來值堂，準是精神百倍，不但記憶力好，思維也是極快，天大的難事到了他手裏，他也能梳理出個頭緒來。

王讓小心翼翼地站到一旁，也不說話，勾著腰等蔡京先說。

蔡京張開一線眸子來，低聲道：「怎麼？有事？是邊報還是江南那邊花石綱善後的事？」

「太師，是彈劾奏疏。」

「噢。」蔡京並不急於去接，只是問：「彈劾的是誰？」

「沈傲。」

蔡京招招手：「拿來看看。」接過奏疏，隨手翻閱了一下，蔡京很是欣賞地道：「我就說嘛，這個沈傲沒這麼簡單。去，把王黼叫來。」

王讓行了個禮，立即去了。

等到王黼急匆匆地過來，還未喘口氣，蔡京就將奏疏拋到王黼手裏：「自己看。」看完了，王黼抬頭道：「太師，他這是苦肉計？」

蔡京捋鬚頷首：「差不離吧，你怎麼看？」

王黼道：「陛下的心意，我也猜不出，沈傲這樣做，或許有死馬當作活馬醫的意思。」

「不止！」蔡京想了想：「他這是想扭轉乾坤，不過陛下的心意，我也略知道那麼一點，沈傲再如何得寵，陛下也不會冒天下之大不韙的，太皇太后，陛下不敢怠慢啊。」

關於這一點，蔡京深信，不管是趙佶還是沈傲，都已逼到了牆角，想到沈傲這個時候還想來一次苦肉計，只要太皇太后在一天，這一條懿旨，沈傲也別想翻盤。

「這麼說，這姓沈的這次只是垂死掙扎？」

蔡京道：「讓他蹦一下吧，無妨。」擺擺手，氣定神閒地道：「這些奏疏，我立即叫人送進宮裏去。我叫你來，還有一件事。」

王黼欠身坐著，等蔡京說。

蔡京慢吞吞地道：「永不敘用，這個法兒倒是厲害，可是沈傲就是個平民百姓，有陛下和太后給他撐腰，能耐也是不小，咱們既然站了出來，做了這個壞人，就要做到底，否則哪一日太皇太后……，陛下少了顧及，早晚還是要讓他翻身的。」

王黼道：「我擔心的也是這個，恩眷這東西說來也奇怪，許多人苦讀了一輩子，也許到死也見不到陛下一面。可是沈傲就算成了平民百姓，三天兩頭進宮去也阻不住，說話的分量就不可同日而語了。」

蔡京微微一笑：「所以說咱們做官，都是做給陛下看的，陛下覺得你好，你才好，陛下若是覺得你不好，你做得再怎樣四平八穩，再怎樣滴水不漏，又有什麼用？這個道理，你只是明白了一半。」

王黼笑呵呵地道：「太師教誨，門下不敢忘。」

蔡京繼續道：「你記著我今日和你說的話，斬草除根，至於怎麼個斬法，我就不管了，別沾了血在自己手裏也就是了。」

說了許多的話，蔡京有些困倦了，擺擺手，自顧自地仰躺著繼續養神，王黼悄悄地退了出去，心裏卻是在想：「哼，殺人？你倒是說得輕巧，死了一個沈傲就是天大的麻煩，卻是叫我去做。」

他想了想，不由苦笑，這件事他還非做不可，一直以來，太師雖然出了手，可是在外人看來，卻又是什麼都沒有做，他既然沒有上疏彈劾，也沒有在陛下面前說個什麼，不管這事兒成還是不成，還真是一點把柄都沒有，沈傲若是有了東山再起的機會，要找也找不到那老狐狸頭上，那殺氣八成是衝著自己來的。

這樣一想，王黼便覺得斬草除根的必要，不是爲了那老狐狸，是爲了自己。

從蘇州到汴京，這一路上來，沿著運河順水而上，楊戩帶著鑾駕，足足數千禁軍和各種儀仗，還有太監宮娥，另外還得小心伺候著的安寧帝姬，總算是在初十這一日抵達了汴京，進了宮，心裏頭還得意著呢，那太后跟前的敬德就找來了。

「楊公公，這件事原本早就要知會你了，只是看你在外頭，怕你一時心急，所以我就私下裏琢磨著這事兒還是等你回來再說。」

楊戩喝了一盞茶，笑容滿面地道：「藏著掖著做什麼？說吧。」

敬德不敢瞞，將太皇太后的事說了，楊戩聽罷，臉色一變，道：「這麼說官家已經打定了主意，是要遵太皇太后的懿旨了？」

敬德苦笑道：「中旨都已經擬好了，就是陛下遲遲不忍發，已經拖了一天，陛下那邊還在猶豫，可咱家卻是知道，這旨意非發不可。」

楊戩道：「太皇太后有懿旨，太后不是也有懿旨嗎？為什麼一定要遵太皇太后的？」

敬德尷尬地道：「事情有輕重嘛，不是太皇太后病了嗎？」

楊戩沉默了一下，才是道：「你是太后跟前的人，你能不能跟太后也說說，讓她也『病』一場？」

敬德尷尬地一笑，道：「就算是病，好歹也有個先來後到，再者說了，慈敬宮裏的那位已經病了，太后這邊也跟著病，是誰都看得出是怎麼回事，太后拉不下這臉面。」

楊戩再也想不出主意了，惡狠狠地道：「咱家才出去幾天，就鬧出這么蛾子，哼，又是王黼，這傢伙是吃了秤砣鐵了心要和咱家作對了！」

敬德在旁聽著，不大敢再說話。

楊戩想了想，對敬德說：「你還是回太后那邊去勸勸，太后肯出面，那自然是極好，我呢，去找陛下，看看陛下的意思。」

敬德連忙說好，其實這敬德巴結著楊戩，一方面兩個人都曾是端王府裏出來的，關係一直不錯；另一方面，敬德心裏也清楚，在太后跟前和在皇帝跟前區別不小，太后身體不好，若是出了事，說不定要發派去守陵，有楊戩在，到時候保他進睿思殿那是不成問題的。睿思殿是發中旨的內監機構，權勢不小，當年梁師成就靠這個發的家。

楊戩不再多說，急匆匆地趕去文景閣，叫人稟告一聲，裏頭傳來趙佶的聲音：「進來。」

楊戩小步進去，朝趙佶行禮道：「老奴見過陛下。」

趙佶的心情很糟糕，不耐煩地擺擺手道：「別說這些虛的，你什麼時候回來的？」

「今早就到了。」

「噢，可惜，你來遲了。」趙佶臉色黯然，垂頭喪氣地道：「你那個女婿，眼下朕是保不住了。」

楊戩大氣不敢出，也不敢奏對。

趙佶抬眸道：「做了皇帝，也沒有個安生的時候，倒是你這奴才逍遙自在，這麼晚才回來。」

趙佶的牢騷，讓楊戩大氣都不敢發一下，只是呆呆地站著，心裏頭縱然著急，想爲沈傲說幾句話，可是一時也不知道該說什麼。其實楊戩心裏頭清楚，現在說什麼也沒有用，不但他爲難，官家也爲難，官家不是不想保沈傲，而是無從保起，眼下這局面就是個僵局，一個死結，雖然都在乾著急，可是誰也解不開，想做點事，卻又只能乾瞪眼。

趙佶在閣內徘徊了片刻，慢吞吞地坐下，突然道：「其實呢，沈傲做不做官都只是個名目，他不做官，有朕護著，他的日子還不是照過？做了官麻煩，省得朕見著朝廷裏對他的彈劾，還不自在，他沒人管著，只怕未必比現在差。」

楊戩心知趙佶這是在給自己找下決心的理由，想說什麼，最終還是將勸告的話吞進肚裏，低眉順眼地說了聲是。

趙佶又是嘆氣道：「常言不是說得好嗎？日中則昃，月盈則虧，他太順風順水了，也該讓他栽一個跟頭，你去睿思殿一趟吧，告訴他們，中旨發出去。若是沒有太皇太后的祖護，朕哪裡會有今日？現在只能讓沈傲吃點虧了。」說罷，擺擺袖子，沉臉坐下。

楊戩心裏打了個突突，連說話都僵硬了，仍舊回了個是，正要去睿思殿，外頭卻有小內侍道：「陛下，今日的奏疏來了。」

趙佶心情很差，怒道：「奏疏、奏疏，天天都是雞毛蒜皮的事，天大的事也先放下，拿去存檔。」

小內侍應了一聲，卻還是忍不住道：「陛下，都是彈劾奏疏，還不少呢，足足三百七十多份。」

「又是彈劾？」趙佶雙眉一挑，語氣不善地道：「拿來給朕看看，朕倒要看看，他們又要彈劾誰。」

待幾箱密封的奏疏呈上去，趙佶隨手翻開了看，這一看，當真是嚇了一跳，雙目艱難地仔細端詳，臉色變得越來越蒼白，隨即不由地冷笑起來，樣子恐怖極了。

放下一本奏疏，又看下一本，一本本很有耐心地看下去，竟然沒有一點平時的厭煩，每一本都認真細讀，有時淡然地說一句：「這一本奏疏文采不錯，果然是御史中丞，好，朕這個御史中丞不錯。」

趙佶咯咯冷笑著，將奏疏放下，撿起下一本，卻又突然將奏疏拋下，對楊戩道：「朕今日才知道，朕的這些臣子，原來都是捉筆的好手。」

楊戩知道趙佶的秉性，也知道這一次趙佶是動了真怒，硬著頭皮道：「不知這奏疏裏都寫著什麼？」

「殺沈傲！」

「啊……」楊戩驚得惶然拜倒：「陛下……」

「你起來。」

楊戩危顫顫地站起，面如土色。

趙佶淡漠道：「叫沈傲覲見吧，朕倒是有話和他說了。」

楊戩頷首點頭，不敢忤逆，慌不擇路地去叫人了。

沈傲是在一個時辰之後到的，雖然早從楊戩那裏得到消息，不過他倒是一點也不驚異，他心裏清楚，這是他最後一次機會，錯過了，就再也不會回來，所以雖然表面從容，心神俱定，還是忍不住爲自己捏了一把汗。

「陛下。」

趙佶抬眸，奇怪地看著沈傲，沉默了片刻，道：「沈傲，朕原以爲你只是人緣差，想不到竟到了被人恨入骨髓的地步，你自己，你這個官是怎麼做的？」

沈傲訕訕然地道：「應當還不至於吧？」

「不至於？哼，人家都要抄你的家滅你的族了，你自己說，你到底得罪了多少人。」

「微臣不太清楚。」

「不清楚？你倒是夠糊塗的。」趙佶板著的臉總算有了幾分鬆動，對這麼一個傢伙，他還真是一點辦法都沒有，自己得罪了人都不知道，倒是問起他來了，還真是活該這傢伙有今日。

「那你打算怎麼辦？」

沈傲一頭霧水：「不知陛下到底指的是什麼？」

趙佶抛了一本奏疏給他：「自己看。」

沈傲異常平靜地看完奏疏，又小心翼翼地將奏疏放回御案，抿嘴不語。

「說話！」

沈傲慢吞吞地道：「世態炎涼，沒什麼好說的了。」

「只是世態炎涼，他們就會上這等奏疏？」

沈傲笑了笑道：「只要陛下不抄臣的家，臣怕什麼？」

趙佶憂鬱地擺擺手道：「你退下吧，朕和你說不通。」

沈傲只好告退，待他一走，趙佶更是憂鬱，呆坐了一會，轉而看向楊戩，道：「楊戩，朕問你，朕現在該怎麼辦？」

楊戩見機拜倒：「陛下，老奴只知道，沈傲一旦丟官，必死無疑。」

「這些朕知道。」趙佶嘆了口氣，又道：「他得罪了這麼多人，朕的這些臣子都不簡單呢！」

趙佶陷入沉思，唏噓一陣，突然下定了某種決心，道：「去，拿筆墨來，朕要親自擬詔。」

沈傲一回到家，立即躲在書房裏不肯出來了，夫人們看著擔心，推蓁蓁進去看看。

蓁蓁小心翼翼地進了書房，裏頭燭光搖曳，沈傲正拿著許久沒有看過的書心不在焉地讀著，蓁蓁笑了笑，走到案旁，給沈傲挑了燈，讓燭火更亮了一些，口裏呢喃道：

「你呀，就不懂照顧自己，多點一盞燈，看起書來才不傷眼，怎麼？進宮和陛下說了什麼？」

沈傲放下書，笑呵呵地道：「都是些雞毛蒜皮的事，不打緊的。」

蓁蓁幽幽地道：「我才不信，你看看你心事重重的樣子，平時的得意勁兒到哪去了？」

說著，蓁蓁走著蓮步來到沈傲身後，小心地爲他鬆骨捏背，繼續道：「其實呢，這事兒我也知道一些，你別以爲我們女人大門不出二門不邁的就好欺瞞，我們心裏可是跟明鏡似的，比如那位女俠……」

「啊……」沈傲頓覺心虛，訕訕笑道：「我和她可是很純潔的男女關係，夫人千萬不要誤會。」

「誤會？」蓁蓁輕笑道：「我倒是想誤會，可你那三寸不爛之舌的舌功都使出來了，再說什麼誤會，就實在薄情寡義了一些，小心人家半夜摸到你房裏去，給你捅個窟窿。」

沈傲咬牙道：「一定是吳三兒捅出來的。」

蓁蓁不置可否，只是淡笑，隨即問：「旨意就要下來了吧？」

沈傲點頭：「是，旨意就要下了。」

蓁蓁安慰道：「既然木已成舟，也沒什麼好擔心的，這官兒不做也罷，當初你沒有做官，不是一樣逍遙自在？做了官兒反倒多了累贅，三天兩頭不見人，惦記著這個，想著那個，活著有什麼樂趣？」

沈傲抿著嘴：「最大的問題不是木已成舟，而是木還沒有成舟。」

蓁蓁訝然道：「怎麼？夫君已經想到了辦法？」

她方才口裏雖然說這官不要也罷，卻知道讓沈傲鬱鬱不得志，整日待在家裏，對一個才高八斗的男人來說也是一件煎熬的事，這時聽到希望，不禁露出幾許喜色，整個人都變得煥發了一些。

沈傲道：「辦法當然有，只是不知道有沒有效。所以要等，估摸著再過一兩個時辰，旨意就會出來，只是這旨意到底是什麼，就不知道了。」

蓁蓁道：「生死由命，富貴在天，夫君也別太焦心了。」

沈傲卻是笑起來：「我只相信人定勝天，事在人爲，從不信什麼命運。」說著，一把攬住蓁蓁的細腰，將她置在自己懷裏，道：「其實這官對我來說也只是一身皮，只是被那王黼背後捅了一刀子，若是不能反擊，這汴京城還有誰會畏我懼我？人要是讓人看輕了，這一輩子都不用抬頭做人了。所以今次但凡有一線生機，我也要讓那王黼吃不了兜著走。」

蓁蓁擔憂道：「夫君何必如此，得饒人處且饒人，這王黼又沒什麼大惡的。」

「他沒有大惡？」沈傲哂然笑了起來：「六賊裏頭他排行第一，你說他惡不惡？」

蓁蓁睜著眼睛，也不知道什麼是六賊，只是咯咯一笑，鑽入沈傲懷裏，貼著他的胸膛聽著心跳，呢喃道：「男人的事真是讓人看不懂，你爭我奪的沒個消停。夫君放寬心吧，管它聖旨是什麼，都不必太記掛。過幾日呢，是陸之章訂親的日子，你是他的表哥，總不能苦著個臉和他去鄧府吧？」

沈傲想起陸之章的事，轉而道：「想起他，我就更擔心了，須知我這一次沒事還好，一旦有事，他這婚只怕也結不成了。趨炎附勢是人的本性，我在，鄧家那些人才樂意將女兒配給陸之章，可是一旦風聲不對，他們敢冒著這個風險得罪蔡京、王黼？」

正說著，外頭劉勝破門而入，大叫道：「少爺，聖旨來了！」

夫妻倆正耳鬢廝磨，被這沒頭沒腦的傢伙看了個光，劉勝一時尷尬，立即退出去，蓁蓁滿是羞紅地從沈傲腿上站起來。

沈傲氣了個半死，將劉勝叫進來罵了一通：「要鎮定，鎮定，不要做什麼事都毛毛躁躁，哎，你還是不夠沉穩，好好學學你爹。」

劉勝面容古怪地連忙道歉，沈傲撇撇嘴道：「你也不必記在心上，你畢竟還年輕，慢慢學吧。」說著撣了撣身上的灰塵，長身而起，鎮定地道：「走，接旨意去。」

疾步到了前院，中門已經大開，來的太監沈傲也認識，雙方頷首點頭致意後，沈傲才是慢吞吞地拜下，高呼道：「臣恭迎聖旨。」

雖然一副玩世不恭的樣子，手心著實捏了一把汗，好在沈傲還有幾分不動聲色的涵養，才不致當著許多人的面丟份兒。

太監展開聖旨，眼眸略略在聖旨面前掃過，一下子變得爲難起來，慢吞吞地道：「制曰……制曰……制……」念到後面，竟是卡住了。

沈傲在下面乾著急，心說這人到底是怎麼了？不由起了最壞的打算。

太監好不容易地穩住心神，才面容古怪地道：「制曰：沈傲，你該死！」

一時間，鴉雀無聲，沈傲還等著聽後面的話，可是太監已經將聖旨捲了起來，沈傲抬眸：「完了？」

「完了！」

沈傲無語，這也叫聖旨？一共就是五個字，還是沒頭沒腦的一句罵，皇帝是不是腦子糊塗了？沈傲的心裏不由地轉了許多念頭，猜測各種可能，終究還是老老實實地接了聖旨，將太監拉到一旁，便問：「公公，宮裏有什麼消息？」

太監搖頭：「咱家只是睿思殿裏打雜的，哪裡能有什麼消息？」

沈傲點點頭，將他打發走了，又展開聖旨看了一會兒，那公公念的沒有錯，確實是五個字，而且這旨意很不雅，該死？怎麼就該死了呢？這聖意還真是難猜得緊。

不過好歹那剝官除爵的旨意總算沒有下，讓沈傲又看到了幾分希望，在心裏對著自己道：鎮定，要鎮定，怕個什麼！

於是來到後園，叫人上茶上糕點，吃飽喝足，手裏揚著聖旨很不平地對周若道：「看看，這就是皇帝的才學，瞧瞧人家言官是怎麼罵人的？那才叫水準，正兒八經的罵人不吐髒字，再看這聖旨，粗俗！」

沈傲嫌惡地拉長了音，顯然這沒頭沒腦的一罵，讓他心裏頭很不爽快，是生是死好歹也來個痛快，結果來了這麼一道旨意，這懸著的心依然懸著，讓沈大才子依舊揪心不已。

周若掩嘴輕笑道：「你當心一點，被官家知道了，有你好受的。」

沈傲放下聖旨，笑道：「許他罵我，就不許我發一句牢騷？男人得不到發洩，很容易內分泌……咳咳……不說這個，不說這個，省得你又說爲夫不正經。」

沈傲胡扯了幾句，那一邊劉勝又跑著過來，急匆匆地道：「少爺，又來了個公公。」

「又來聖旨了？」

「不是聖旨，說是陛下來問話的，要少爺去奏對。」

沈傲只好到前廳去，仍舊是那個傳旨的公公，公公朝沈傲微微一笑，隨即道：「沈大人，方才得罪了。」

「這是什麼話，公公也是奉旨行事嘛，陛下叫你來，要問什麼？」

這公公咳嗽一聲清清嗓子，才是道：「陛下問你，你看了這聖旨，可有什麼感想？」

感想倒是有很多，可惜不能說！牢騷話對老婆說也就是了，罵回去，說不定又有一份罵人的聖旨來了！

沈傲想了想道：「陛下的字寫得比從前更好了。」

「只有這個？」

「只有這個，至於其他的，我是想都不敢想的。不羈的只是我的外表，其實我的內心還是很純潔的，絕沒有什麼抱怨腹誹的。」

公公無語，只好道：「那咱家立即回宮稟告。」

那公公去了，過了小半時辰，又巴巴地趕了過來，對沈傲道：「陛下又問你，沈大人是不是覺得自己該死？」

這是什麼話？傻子都知道搖頭，沈傲立即道：「我想來想去，覺得這個世界還需要我，所以不該死。」

公公繼續問：「陛下還問，沈大人陷君父於不義，會不會有愧疚之心？」

這些問題一個比一個刁鑽，讓人摸不著頭腦，沈傲絞盡腦汁：「好像有那麼一點點。」到底有沒有，只有天知道，反正就是糊弄。

公公喝了口茶，道：「咱家去了。」隨即又入了宮去。

沈傲鬆口氣，對一旁的劉勝道：「方才陛下問的，你聽到了嗎？」

劉勝點頭：「聽到了。」

「你覺得這是什麼意思？」

劉勝撓著頭道：「小的若是知道，早該位列朝班了。」

沈傲認真地點了個頭，道：「你說得很有道理，讓我深受啓發。」

沈傲又躲到書房去，再不肯出來，結果過了一個時辰，那公公又趕了過來，劈頭蓋臉地道：「陛下口諭，明日清早廷議，沈大人明日入朝聽宣。」

原來聖旨要等明日才肯下！沈傲這下真的無語了，卻也只能再等下去。

不止是沈傲焦灼，整個汴京，都在等著這份旨意下來，太皇太后在等，太后也在等，蔡京、石英都是翹首以盼。結果未分曉，誰也不知到底誰該彈冠相慶，只是越是這個時候，既然陛下說等，那也只能等了。

宮裏沒有任何消息，便是手眼通天的楊戩也是一頭霧水，據說皇帝只躲在文景閣，誰也不讓進，就是進膳，也是叫人端進去便打發人出去，除了叫個公公進去，不斷地問話，又打發出去不斷地問沈傲的話之外，再沒有其他資訊。

廷議的事傳出去，倒也引起不少人的暗暗揣測，畢竟這廷議來得太古怪，讓久經宦海的老油子們都不由暗暗地猜想，既是廷議，一定是商討大事，沈傲的事兒算大，可是懿旨是不容商量的，莫非陛下還要叫人來辯論一下，打打擂臺？

不對，不對頭，就算是要打擂臺，也絕不可能是沈傲的事，眼下太皇太后還躺在病榻上呢，陛下這樣做，豈不是教人寒心？

莫說是這些老油條，就是素知趙佶心意的楊戩、蔡京，此時也是一頭霧水。

因此，所有人都在等，等明日的到來，也有不少人怕，怕明天一到，得到的是自己不願看到的結果，那一切便是前功盡棄了。

第一七一章
罪己詔

這是一份罪己詔，詔書之中詳盡地道出了趙佶私遊的經過，
而沈傲在奏疏之中，非但不是個勸說皇帝私遊的佞臣，反而忠正直言，屢屢勸諫；
最後趙佶乾脆誘他出城，讓沈傲背了這個黑鍋。

宣和五年四月十二，這一日清晨，汴京的街巷一切都籠罩在柔和的晨光中，通往宮城道旁的柳樹低垂著頭，柔順的接受著晨光的淋浴；挺拔的楊樹像健壯的青年舒展的手臂；草叢從濕潤中透出幾分幽幽的綠意，接踵的屋脊在晨光下延伸，屋簷下生機漸漸。

一座座或低調或張揚的軟轎從四面八方會聚到正德門下，宮門還沒有開，可是該來的都來了，蔡京總是到得最早的，「勤懇」可見一般，年輕力壯的還沒有到，他已在這門下久候了，他的面色和煦，見了人，便微笑著致意，恰好石英和周正連袂落轎，蔡京親自走過去，危顫顫地道：「二位公爺來得早。」

石英、周正都是堆著笑，朝蔡京行禮道：「太師見笑。」站著寒暄了一陣，絕口不提沈傲的事，雙方都保持著一種默契，談天說地，論古論今，偏偏就是不提眼前至關緊要的事。

朝臣們見石英、周正、蔡京在那邊熱絡著寒暄，也都緘默地站到一旁，誰也沒有說話，也不覺得意外，只是那王黼的轎子剛剛落下，原本想找蔡京說幾句話，眼看著這局面，也不好過去，只能在旁乾瞪眼。

沈傲還沒有來，按道理這個傢伙早該來了，可是久久還不見蹤影，讓許多人不由地向沈府方向眺望，這個人還真奇怪，虧得他還能坐得住。

正德門嗡嗡地開了，先是張開一道縫隙，隨即數十個禁軍終於將這笨重的城門拉開，門洞之後，透出一縷琉璃瓦的醒目之色，所有人屏住呼吸，魚貫站好，蔡京自然是站在首位，當先踱步進去，隨即是石英、王黼、周正。

恰在這個時候，馬蹄傳來，一個人騎著馬疾馳而至，馬上之人正是沈傲，沈傲帶著笑，遠遠地翻身落馬，將馬繫在一處樹枝上，還不忘對值守的一個禁軍道：「這馬很值錢的，幫我看著，莫要讓人偷去了。」

眾人無語，到了這個份上，這個傢伙居然還惦記著他的馬！

沈傲腰間帶著金魚袋，直接入宮，隨著眾人到了講武殿，也沒有人和他說話，倒是路上遇到了姜敏，姜敏欲言又止，最終還是抿抿嘴，將話吞進了肚子裏。

趙佶還沒有到，所有眾人按班站好，倒也沒有人喧嘩，殿裏頭針落可聞，每個人都懷著各自的心事。

這一等，就是足足半個時辰，須知站著的，有不少人年歲不小，這樣一站，還真是經受不住，終於有人忍不住跺腳了，來回運動著腿，活動筋骨，倒是那位年邁的蔡京最站得住，竟是一直紋絲不動，一點兒也沒有疲憊的意思。

「陛下駕到。」

這一聲拉長的嘶喊，終於打破了僵局，話音剛落，一個人從後殿的耳房中出來，戴著通天冠，穿著冕服，珠簾之後，是一張讓人難以琢磨的臉，疾步走上金殿，大喇喇地坐在御案上，一雙眸子透過珠簾在殿中左右逡巡。

終於，那一束凜然的目光落在沈傲身上，趙佶冷哼一聲，不悅地道：「諸卿等得久了嗎？」

眾人紛紛道：「微臣不敢。」

趙佶站起來，長袖之下伸出手指，道：「你們口裏不敢，其實陽奉陰違，心裏頭打著什麼主意，當朕不知道？」

這一句話也不知到底暗指是誰，殿中誠惶誠恐的聲音紛紛道：「微臣萬死。」

「萬死？」趙佶重重地冷哼一聲，厲聲道：「你們還知道萬死？你們當真死了，朕還樂得清靜。」

「王黼，出來！」趙佶落座，眼眸幽幽，叫了王黼出來。

王黼膽戰心驚，叩伏於地道：「陛下。」

趙佶慢吞吞地道：「你好大的膽子，你可知罪嗎？」

王黼鎮定地道：「微臣不知。」

「哼，你不知道？」

王黼倒是一點也不慌，這件事，他沒有把柄，趙佶就算要降罪，他也不怕，就算失了聖眷，有蔡京暗中維護，他這少宰仍然是穩穩的，雖說蔡京未必可靠，可是王黼心裏清楚，自個兒還有用處，蔡京不會輕易地當他做棄子。

趙佶又是冷哼一聲，厲聲道：「朕遲些再和你算賬。」

待王黼尷尬地退下，趙佶的目光才是落在沈傲身上，道：「沈傲，你出來。」

沈傲出班行禮：「陛下。」

「你知罪嗎？」

沈傲一頭霧水，卻是不容多想，道：「微臣不知。」

趙佶沉默一會兒，才道：「待會兒你就知道了！楊戩，念旨意吧！」

一份聖旨擺在御案上，楊戩聽了趙佶的吩咐，小心翼翼地捧起聖旨，他的心情也很緊張，念出這份聖旨，便是決定命運的時候了，他小心地將聖旨打開，迅速掃了聖旨一眼，楊戩的臉色大變，慌忙將聖旨合攏，哭喪著臉拜倒在趙佶的腳下，道：

「陛下……老奴不敢念。」

殿下的群臣一時愕然，是什麼聖旨讓楊戩如此失態？這倒是奇了！

許多人將目光落在沈傲身上，已經有人猜測，楊戩與沈傲關係密切，楊戩不敢念，莫非這份奏疏對沈傲不利？

這個理由倒是解釋得通，一時之間，群臣之中有人歡喜有人憂慮；周正忍不住凝起了濃眉，不忍去看沈傲一眼；衛郡公石英臉色平靜，可是心裏早已翻江倒海；至於姜敏、曾文等人已是一個個面如土色，像是一下子蒼老了不少。

王黼臉帶冷笑，心知自己距離成功只剩下一步之遙，這一次整倒沈傲，朝廷的時局驟變，到了那個時候，就算趙佶要怪罪，有太皇太后和蔡京在，他自信對付沈傲之餘，尚還有自保的餘地。

蔡京老態龍鍾地站著，屹然不動，頗有幾分泰山崩於前而色不變的架勢，雙目只是微闔，不喜不悲，躬身聽旨。

殿下任何一個人的舉動，都收入了趙佶的眼中，趙佶端坐著，對楊戩冷聲道：「叫你念，你就念。」

「陛下……」楊戩伏地慟哭：「老奴不願做這個千古罪人，求陛下開恩，老奴實在不敢念。」

千古罪人？這一個字眼讓有心人捉摸到，卻又是一頭霧水，念個聖旨也是千古罪人？這倒是稀罕得很了。

殿中鴉雀無聲，唯有楊戩的低泣輕輕傳出，有著說不出的詭異，趙佶面色冷若冰霜，幽深的眼眸中閃過一絲無奈，便道：「那就請蔡太師來念吧。楊戩，將聖旨交給太師。」

楊戩連忙叩首謝恩，捧著聖旨下殿交給蔡京，蔡京打開聖旨，渾濁的眼眸中閃過一絲詫異，只是這詫異一閃即逝，隨即又恢復了平靜，他帶著深意地遠眺了對面班中的沈傲一眼，隨即清清喉嚨念道：

「制曰：朕德不類，不能上全三光之明，下遂群生……應太后懿旨出宮祈福，卻以恣遊爲樂，乃至蘇州，不思勉勵勤政，遂起頑念……滋有沈傲者，出言勸諫，朕不以爲意，反誘其出巡……朕受命於天，立政興化，必在推誠；忘己濟人，不吝改過。今明徵其義，以示天下。」

這一道旨意念出來，已是人人惶恐，所有人目瞪口呆，紛紛拜倒伏地：「臣萬死……」於是一個個叩頭，紛紛請罪。

只有那王黼如遭雷擊，臉色驟變，瞬間裏變得蒼白無色，雙膝一軟，不由自主地癱在了地上，至於後面的話他再也聽不清了，心裏不由悵然地想：「這一次只怕完了，老夫爲官數十年，屹立不倒，想不到今日竟要敗在一個黃毛小子的手裏！」

沈傲心裏閃過一絲慶幸，卻又忍不住頭痛，他無論如何也想不到，事情會以這種方式收場，這種方式固然不壞，只是如今卻是欠下了一筆天大的人情，這一輩子只怕也還不清了。

沈傲心裏腹誹一番，忍不住抬眸感激地看了趙佶一眼，趙佶仍然端坐，朱冕之後的臉色仍舊冰冷，顯然氣色很差。

這是一份罪己詔，詔書之中詳盡地道出了趙佶私遊的經過，而沈傲在奏疏之中，非但不是個勸說皇帝私遊的佞臣，反而忠正直言，屢屢勸諫；最後趙佶乾脆誘他出城，讓沈傲背了這個黑鍋。

這本來就是事實，只是有些時候，這些事實就是窗戶紙，明知如此，卻是誰也不能捅破；當今皇帝豐亨豫大，怎麼可能會有錯？就算是錯，那也是臣子是近臣的錯。

問題的關鍵就在這裏，罪己詔在說明了經過之後，則是開始反省，這些反省當然只是套話，只是對於趙佶這種愛面子的皇帝來說，下罪己詔去昭告天下，只怕比殺了他還難受。

偏偏這個時候，罪己詔還是下來了，如此一來，沈傲這個罪臣當然不能降罪，太皇太后的懿旨縱然是給予了懲處，可是罪名的理由都已經推翻，那麼罪過就成了功勞，還治個什麼罪？

這一封罪己詔，當然不是用來搪塞群臣和天下百姓，而是給太皇太后看的。

皇帝都頒發了罪己詔，臣子們當然得悔過，所謂君辱臣死，死倒是未必，樣子卻還是要做的，於是講武殿中哀鴻遍地，一個個比賽似地捶胸頓地，紛紛說自己死罪，上不能報效君父，下不能體貼聖意。

這一邊哭得厲害，金殿上的趙佶已是冷哼一聲，在他看來，搬出罪己詔來實在是情非得已，如今這份詔書立即要通過邸報傳告天下，自此之後，他這一套自我吹噓的聖明之君算是一下子支離破碎，他長身而起，道：

「你們自己反省吧，蔡京，將詔書送到門下省去，立即傳告天下！」

說著，人已羞憤難當，帶著一股子怒火拂袖而去。

殿中的哭聲逐漸止住，這時所有人大眼瞪小眼，一個個面面相覷，誰也不曾想到，等來等去，來的竟是這個，本來沈傲無事，一些圍繞在他身邊的人少不得要彈冠相慶，慶賀幾句，可是如今誰敢露出個笑臉出來？於是有的人雖然心中暗爽，臉上卻是如喪考妣，倒是恨不得要捲起袖子尋個柱子撞了了事。

也有真真如喪考妣的，不是覺得對不起君父，是後悔，尤其是一些新黨的外圍分子，明明沒他什麼事，他偏偏要去湊熱鬧，以為這一下沈傲完了，想要巴結蔡京那棵大樹，誰知沈傲沒整倒，整出個罪己詔來，朝廷裏早就傳聞沈傲這個人睚眥必報，人家蔡太師，沈傲也動不了，可是他們這些小魚小蝦，勾勾手指頭，說不定就要人命了。

蔡京闔著目，卻是不徐不慢地收起了聖旨，慢慢地走到沈傲跟前，微微一笑道：「恭喜沈大人了。」說罷，危顫顫地帶著旨意直奔門下省。

王黼還是癱在地上，腦中天旋地轉，卻是一時空白，反正也沒有誰再搭理他，這個時候再和王黼有什麼瓜葛，天知道會不會遭了人的嫉恨，因此一個個忌諱莫深，就是站，也站得離他遠遠的。

周正和石英、姜敏走過來，給沈傲使了個眼色，石英道：「沈傲，好自為之。」

沈傲朝石英點頭，目光落在老丈人周正身上，周正咳嗽一聲道：「請罪去吧。」

沈傲又是點頭。

文景閣裏，趙佶負著手，看著正牆上高懸的一塊牌匾，牌匾是用漆金裝裱，光彩炫目，牌匾上的字是趙佶最得意的鶴體，很有一種意猶未盡的新奇之感，牌匾上寫的是「豐亨豫大」四個大字。

趙佶看得出了神，心裏頭卻是冰涼涼的，他愛好廣泛，琴棋書畫樣樣精通，自命自己是風流皇帝，天縱之才，再加上身邊蔡京、王黼這些人又通曉他的心意，一個勁地馬屁如潮，說什麼陛下聖明曠古未有，自陛下即位以來天下太平，百姓安居樂業，於是腦袋一拍，便送了這四個字上去。

趙佶第一次聽了這四個字，欣喜若狂，親自手書了這四個字，叫人裝裱貼在文景閣裏；他本就自命不凡，不願和歷朝的聖明君主相提並論，只覺得用這四個字來形容自己，實在再貼切不過。

只是……趙佶的雙眉不禁一挑，嘴角忍不住流出幾許自嘲，豐亨豫大，如今卻是豐出了個罪己詔，這等於自己拿臉立了個牌坊，結果自己給自己摑了一巴掌。

趙佶氣呼呼地指了指牌匾：「楊戩，叫人把這牌匾拆了，燒掉！還有萬歲山的石碑也砸了，統統砸掉。」

「陛下……」楊戩想勸說幾句。

趙佶打斷他，擺擺手道：「你不要勸，朕的臉面算是丟乾淨了，這四個字，朕當不起，當不起了。」最後重複的當不起了四個字的語氣顯得格外微弱。

楊戩點點頭：「陛下，待會老奴就叫人拆下來。」

趙佶頹然坐在榻上，慢吞吞地拿起案上的茶輕飲一口，道：「太皇太后的病好些了嗎？」

楊戩道：「已經叫人問過了，說是好些了。」

趙佶頷首點頭：「待會兒我再去看看。」說罷，不由苦笑道：「沈傲還沒有來請罪？」

楊戩一時答不上來，只好悻悻然道：「只怕快了。」

趙佶道：「其實這件事確實是朕的過錯，讓他來背了這個黑鍋，朕於心不忍，還是由朕擔當起來吧，想必這個傢伙現在一定很得意了，算了，不說了。」

搖搖頭，帶著黯然地下意識去喝茶，又道：「放出話去，就說這幾日朕的身體不適，早朝就免了，一切奏疏朕也不看，這些人除了請罪也沒什麼好話說的了，倒是那邃雅周刊，不是明日正好出刊嗎？清早拿一份來，朕要看。」

楊戩笑道：「那邃雅周刊看多了也會膩，倒不如尋些詩冊來看。」

趙佶搖頭：「你不懂，那周刊裏頭偶爾會有幾句對朝議的看法，誹謗朝政，本是要拿他們治罪的，不過他們倒還算安分，沒說什麼大不敬的話，還是留著吧。只是不知明日邃雅周刊會不會提及罪己詔的事，哼，他們若是敢胡說八道，你就立即帶禁軍把周刊砸了，上下人等一併治罪。」

這邃雅周刊，楊戩也是有股份的，心裏頭打了個突突，連忙應下，心裏卻在想，得趕快出宮去傳個消息，叫他們不要胡說八道。

趙佶有些累了，道：「朕先歇一歇，若是沈傲來，就告訴他，朕今日不願見他，他要請罪，就明日清早的時候來，朕倒是想聽聽他怎麼說！」

趙佶揮揮手，將楊戩趕了出去，楊戩心裏又喜又急，喜的是沈傲總算塵埃落定，這天大的罪一下子撥雲見日，提著的心總算可以落下。急的是邃雅周刊千萬不要出什麼么蛾子，得趕快去報個信，如今這周刊周銷量已達到了數萬份，每個月的收入就有數千貫之多，楊戩還琢磨著繼續擴大印刷呢，可不能一下子毀了。

下了朝，沈傲要覲見，裏頭卻是說陛下已經歇下，叫他明日再來。沈傲無法，滿腹心事出了宮。

事情到了地步，連他都沒有想到，他原以爲陛下或許會據理力爭，誰知竟是個罪己詔。

「問題嚴重了。」沈傲心裏想了想，下了這個結論。若說揣測聖意，沈傲與趙佶相交莫逆，多少還知道他的秉性，趙佶最好的就是面子，所以才會有豐亨豫大，各地才會時不時出現「祥瑞」。這樣的皇帝下了罪己詔，心裏甘願嗎？

沈傲斷定，此時的趙佶，已經變成了火藥桶，到底在哪兒炸開，還是未知數。所以眼下當務之急，得趕快將他安撫住。

他左思右想，又仍不免對趙佶生出感激之心，皇帝能爲了他做到這個份上，他能做的也只有慢慢報答了。

一路騎馬回到家裏，府裏頭還不知道宮裏的事，親近的朝臣也都沒有來拜訪慶賀，眼下這個時候，當然要謹慎一些，不要讓人握住把柄。

訪客倒是有，卻不是個官，而是沈傲的老師陳濟。陳濟仍然那副要死要活的嘴臉，連帶著啞女也一併帶來，據門房說，不只是帶了人，連鋪蓋都裝了車來，沈傲大感頭痛，立即去廳裏見這位老師，陳濟笑吟吟的看著他：

「我這徒兒有長進，比我這老不死的好，連罪己詔都被你引出來了，其狡詐不在蔡京之下，好，好，好得很。」

他一說好，沈傲心裏就警惕，不對頭啊，陳老師平時見了他都是一副不陰不陽的樣子，今日換上一副笑容不說，當面還讚賞有加，不是太陽打西邊出來，多半一定有什麼圖謀。

他謙虛的拱手行禮道：「奸詐談不上，瞎貓碰到了死耗子罷了。」

寒暄一番，有婢女斟茶過來，陳濟喝了一口，咂咂嘴道：「好茶，這茶兒也好，沈傲，不枉我教你一場，如今你是發跡了，連這茶都是難得的珍品。」

沈傲想矜持的客氣幾句，陳濟打斷他：

「所以爲師決定，國公那邊住了這麼多年，我這老臉也覺得不好意思，好在我有個好門生，一日爲師終身爲父這句教誨你沒有忘吧？身爲你的師長，我呢，就打算遷居到你這兒了，你去給我騰個房來，寬敞不寬敞的不重要，重要的是獨門獨院。爲師喜歡清靜這你是知道的。」

沈傲二話不說，大叫劉勝過來，吩咐幾句，叫劉勝去收拾屋子。

陳濟欣賞的看了他一眼：「你莫以爲我是來混你的吃喝……」

沈傲心裏想：「你本來就是來混吃混喝的。」隨即又覺得這樣妄自猜測有點兒不妥，立即打消這個念頭，對陳濟，他還是有一股發自內心的尊敬，只是口上不承認罷了。笑道：「老師不要這麼說，你能來再好不過，學生可以隨時討教不是？」

陳濟頷首點頭：「你有這個心思就好。」隨即道：「王黼你打算怎麼辦？」秀才不出門，全知天下事，這一句話用在陳濟身上實在再貼切不過，沈傲也開門見山，正色道：「眼下陛下用罪己詔算是保全住了學生，至於這個王黼，卻是不能再留了，此人是蔡京門下第一走狗，除掉他，等於裁掉了蔡京的雙臂。」

陳濟淡笑：「你打算用什麼辦法？」

沈傲苦笑，雙手一攤：「還沒想好。」

陳濟正色道：「我告訴你一個道理，做人，不能處處被動，總想著後發制人，有些時候也該放手一搏，不要有什麼顧忌，眼下的王黼不過是一條落水狗，趁著這個時機，在痛打王黼的同時震懾蔡京才是最好的辦法，你記住我的話，用你自己的辦法，放手去做就是。」

沈傲咀嚼著陳濟的話，頷首點頭：「學生明白了。」

寒暄了幾句，陳濟自然少不得要考校沈傲的學問，幾個考題脫口而出，沈傲從容破題，倒是找回了幾分入朝之前的感覺。免不了說了幾句話，陳濟便帶著啞女芸奴去歇了，沈傲則回到後園去。

第二日清早，沈傲入宮覲見，到了正德門才發現自己來早了，原來今日沒有早朝，趙佶那邊自然睡得晚些，楊戩便過來，陪著沈傲說了幾句話，尋了個僻靜的偏殿叫他等候。

第一七二章
指鹿為馬

所謂指鹿為馬，顛倒黑白，在這一篇文章裏表現的淋漓盡致。

趙佶看得心中暗爽，此刻他最需要的便是有人安慰自己，

這一篇文章的出現，不啻是解去了他一塊心病，看來這罪己詔也不全然是壞處。

趙佶清早起來，漱了口，一邊叫人拿來早點，一邊拿起早已準備好了的邃雅周刊，先是喝了口熱茶，隨即翻閱起來。只是看到第一頁，便不由凝起神來，還真有提及罪己詔的文章。他心裏略有些不喜，怪這邃雅周刊多事，竟敢妄議朝政。

雖是這樣想，還是免不了興致勃勃的看，這一看便入了神，期間叫了幾個好字，連眉眼都忍不住挑動起來。

這文章雖然只有短短千言，卻很是犀利，先是說據聞官家下了罪己詔，隨即便開始發表議論，說縱古論今，是人就會犯錯，歷代的君王雖受命於天，當然也會有犯錯的時候，於是便開始舉證，從秦始皇到漢武帝，再到唐太宗，於是繼續說這些都是雄才大略的君主，青史留名，可是他們沒有過錯嗎？文章立即列舉了這三個君主的過錯來，話鋒一轉，又發表議論，說這些君主雖然聖明，可是卻害怕讓人知道他們的錯誤，因此，可以得出一個結論，秦皇漢武也不過如此，他們明知有錯，卻不敢昭告天下，這是害怕罪己。反觀官家知錯必改，下罪己詔三省其身，這才是真正的明主，是君王的榜樣。

最後文章直接指出，官家憑著這一篇罪己詔，已經足夠青史留名，讓後世效仿。

如此邏輯偏偏還無懈可擊，所謂指鹿爲馬，顛倒黑白，在這一篇文章裏表現的淋漓盡致。趙佶看得心中暗爽，此刻他最需要的便是有人安慰自己，這一篇文章的出現，不啻是解去了他一塊心病，豐亨豫大算什麼？朕知錯能改又有哪個君王比得上？看來這罪己詔也不全然是壞處。更何況邃雅周刊發售出去，其影響力並不比邸報要低，此刻趙佶只有一個心思，巴不得天下人人手一份周刊，好教他們看看這文章。

趙佶連續看了兩遍，才將邃雅周刊放下，抬起眸，卻發現沈傲已靜悄悄的來了。

「哦，是沈傲啊。」趙佶收斂喜色，露出古井無波的樣子淡然的道：「坐下說話。」

沈傲欠身坐下，笑呵呵的道：「原來陛下也看邃雅周刊？早知如此，往後微臣乾脆叫人按時將最新的周刊送進宮來，也省得陛下差遣宮裏頭的人去取。」

趙佶道：「只是隨便看看。」他瞄了一眼那周刊，忍不住問：「今日這篇《論罪己詔》的捉筆人是誰？這文章的文風倒還犀利。」

他臉皮再厚，也不好意思說文章寫得正合朕意，只好拿文風來說事。

沈傲道：「這是微臣的表弟陸之章寫的，陛下見笑了。」

「哦？」趙佶頗有興趣的道：「朕第一次知道你原來還有個表弟。」

沈傲點點頭，道：「他是個不成器的人，無心科舉，卻有一枝妙筆，這兩年一直在邃雅周刊裏編寫些故事，那《東遊記》和《青樓夢》便是他寫的，陛下可曾看過？」

趙佶頷首點頭，一來是愛屋及烏，二來是這方才那篇文章恰好馬屁拍到他的心坎裏，笑道：「寫得不錯，也算是一個才子。」

沈傲趁熱打鐵：「微臣倒是有個想法，陛下何不在書畫院下設一個圖書院呢，既然書畫院可以有畫院、書院、玉院、琴院，加個圖書院也算不得什麼，再者說了，這天下著書之人也不少，書籍流傳出去，影響甚廣，給他們許諾一個閒職，一來鼓勵他們著書，二來也可以教他們感激陛下的恩德。」

趙佶沉吟了片刻：「你這想法倒也不錯，朕要思量思量。」忍不住又去看了那邃雅周刊，倒是不覺得反感。隨即板著臉，厲聲道：「你進宮來做什麼？」

他這一句話提醒了沈傲，沈傲頓時萎了，哭喪著臉的道：「特來向陛下請罪。」

趙佶撫案，一手撿起一塊糕點慢吞吞的細嚼慢嚥，淡漠的道：「請罪？昨日在廷議上你不是說不知罪嗎？」

沈傲道：「微臣後知後覺，現在知道錯了。」

「嗯，那你說說看，你有什麼罪。」

偷偷看了一眼似笑非笑的趙佶，也不知他是喜是怒，沈傲想了想道：「微臣罪該萬死，若不是惹來太皇太后的懿旨，又豈能讓陛下為難？陛下為了保全微臣，下詔罪己，微臣感激涕零之餘，深深自責。」

「繼續說。」

「繼續？」沈傲有點兒為難了，慢吞吞的道：「微臣平時確實做了許多放浪的事，陛下，這算不算？」

趙佶似笑非笑：「算是吧，還有嗎？」

「還要聽？」沈傲這時才發現這皇帝有點兒特殊癖好了，他這一道罪己詔下去，倒是巴不得全天下人都來個罪己才干休。好不容易又想到一樁，道：「微臣不該和安寧……」

趙佶臉色一緊，擺擺手：「好了，朕聽夠了，今日且放你一馬。」

先是見了一篇說到趙佶心坎裏去的好文章，如今又見了沈傲，趙佶的心情略略好轉，與沈傲閒聊了幾句，突然問：「沈傲，朕昨日退朝時，群臣們都怎麼說的？」

沈傲心裏警惕，明白趙佶眼下心裏發虛，生怕有人取笑他，便道：「陛下，群臣們都在自責。」

「也不盡然吧？」趙佶心裏舒服了一些，卻是故意擺出一副不悅的樣子：「就比如那王黼，朕原道他是個忠臣，哼，今次這事不是他三天兩頭去找太皇太后，又何至如此！」

這一句說出來，沈傲心裏已經明白，王黼完了，抿了抿嘴道：「陛下有什麼打算？」

趙佶闔目，淡然地道：「讓他請辭就怕他不肯，朕若是發旨，太皇太后那邊也不好交代，這件事交給你去辦吧。」

沈傲點了點頭，道：「微臣明白。」

商議已定，陪著皇帝說了幾句話，沈傲站起身告辭道：「微臣想先去給太后問問安。」

趙佶想了想，道：「太皇太后那邊也要去，態度誠懇一些。」

太皇太后……沈傲想了想，倍感頭痛，卻也只能老老實實地道：「是。」

先去見了太皇太后，太皇太后的「病」顯然還未見好，見了沈傲來，太皇太后的臉色繃得緊緊的，沈傲噓寒問暖了幾句，伸手不打笑臉人，人家來探病，太皇太后也就不再繃臉了，說實在的，那一份懿旨雖是拿沈傲開刀，太皇太后真正對付的卻是太后，說她對沈傲有什麼刻骨的仇恨也談不上，於是臉色一鬆，總算和沈傲說了幾句客套話。

在太皇太后這裏一坐就是半個時辰，沈傲不自在，太皇太后也不自在，有一搭沒一搭地問答了幾句，沈傲終於落荒而逃，直奔太后宮中。

太后見了沈傲，冷著臉問：「方才你去見太皇太后了？」

沈傲咳嗽一聲，道：「陛下叫我去看看。」

太后臉色稍緩，笑吟吟地道：「她見了你，口裏肯定客氣，心裏只怕要氣死了。」

這些話，沈傲當然不敢接話。神仙打架，小鬼遭殃，雖然沈傲不幸捲入這後宮裏頭的兩個女人的戰爭，但眼下還是儘早脫身爲妙。

太后見他不敢答，也覺得無趣，繃著臉道：「你這一次僥倖脫身，也別太得意，太皇太后能發第一次懿旨，就會有第二次，第三次，明白嗎？」

這些話是警告沈傲，別想把自己撇清，老老實實地跟著她太后才是正理。

太后盯緊沈傲，看著這個少年，對沈傲，她倒是有幾分欣賞，更多的卻是利用，這傢伙會來事，好好栽培一下，少不得能做她的左右臂膀。

雖然貴爲太后，可是許多事也不是按著她的本心想做就能做的，比如一些不聽話的臣子上疏說什麼後宮長幼有序，這意思再明白不過，是說太皇太后才是後宮之首，太后縱然對這些奏疏恨得咬牙切齒，偏偏卻沒有辦法治他們的罪，也沒有辦法去推翻那奏疏的道理。

此外，還有她的娘家人，如今她還活著，還能庇護他們平平安安，可是百年之後呢？

見沈傲點了頭，太后才是淡淡然地道：「那個王黼是不能留了，沈傲，你得要想辦法，這人哀家看了討厭。」

今日已接受了兩個人同樣的囑咐，沈傲不由想笑，那王黼不倒楣都沒有天理了，連忙道：「太后就等著好消息吧！」

陪著太后打了會兒牌，沈傲出宮回家，今日的客人來了不少，不過石英等人都沒有來，倒是有些同窗好友以探訪的名義悄悄地暗示恭賀了幾句，沈傲會完了客，先去給陳濟問了安，才回到後園去。

整倒王黼已經不是該不該的問題，而是採取什麼辦法，一方面能在朝中樹立威信，震懾舊黨，另一方面能叫王黼吃不了兜著走的事了。

不過眼下還不急，趙佶這幾日敕命內宮歇養，取消了早朝，所以要動手，也要等到月末的大廷議時再發難，要當著滿朝文武的面，給王黼致命的一擊。

時間有的是，沈傲倒是空閒下來，不過也沒有閒多久，那一邊陸之章的婚事差不多有了著落，據說陸之章的爹親自從洪州跑了來，一到邃雅山房，便拿著手杖狠狠敲打了陸之章一頓，少不得怪他不爭氣，沒出息之類。此後，這位陸太爺又去見了周正，陸家與周家據說是三代前的交情，當年陸之章爺爺的爺爺來汴京讀書，與周正爺爺的爺爺是同窗好友，所以這陸家人只要入京，大多是住在周家的。

沈傲少不得要去見見這位陸太爺，於是裝束一新，帶著幾位夫人回周府省親。

陸太爺年紀不小，據說到了中年才生了這麼個兒子，他穿著一件尋常的儒衫，頭戴著方巾，完全不像是個商人，反倒有幾分讀書人的氣質。坐在廳裏，陸太爺慢吞吞地喝茶，一旁的陸之章乖乖地垂頭站著，見了沈傲來，如看到救星，不斷地朝沈傲眨眼。

沈傲過去行了個子侄禮，陸太爺立即站起來，苦笑道：「沈大人不必多禮，我不過是個平頭百姓，哪裡當得起沈大人的禮。」

分別落座之後，沈傲笑呵呵地道：「世伯這一趟來汴京，可是爲了之章提親的事？」

陸太爺瞪了陸之章一眼，道：「我只此一個兒子，偏偏他還不爭氣，在汴京廝混，既無功名，又不願回洪州去隨老夫做生意，如今還未立業，又要娶妻，讓沈大人見笑了。」

沈傲笑呵呵地道：「他還是很爭氣的，如今也算是汴京城裏家喻戶曉的名人了，就連我都羨慕呢。」

陸太爺苦笑著搖頭道：「寫點故事有什麼用？古往今來，有哪個寫故事的有出息？沈大人，他在汴京，多承你的照顧，老朽在此謝過。」

沈傲笑吟吟地道：「世伯這話，我可不同意了，爲什麼寫故事就不能有出息？實話和世伯說，就是宮裏頭也喜歡看之章的故事，昨日陛下特地問了他，說是想在翰林書畫院設個圖書院，若是如此，到時候少不得要詔他做個侍讀、侍講，這是堂堂正正的四品官呢，多少人夢寐以求都求不來的。」

陸太爺一聽，便來了興趣，不可置信地道：「沈大人這些話不是說笑？」

沈傲道：「我說笑做什麼？旨意只怕這幾日就會下來了。」

關於這一點，沈傲倒是敢打包票的，昨日他提及此事，注意地看了趙佶的臉色，趙佶應當是默許了的，只是當著他沈傲的面，趙佶又不好放下架子，所以才說了句朕再思量思量。

陸太爺驚喜地道：「若是有個官身，那便是光耀門楣了，不怕沈大人笑話，咱們陸家也算是大族，幾個叔伯兄弟也有做官的，可是到了我這裏，哎……生了他這麼個兒子，偏偏他又不爭氣，經義文章寫不出，也只能安生做個富戶，這件事還要請沈大人多費費心思了。」

陸太爺也不是傻子，來到這汴京會不知道沈傲是誰？圖書院的事八成就是他促成的，當然少不得要說幾句感謝話，就差恨不得讓陸之章給沈傲磕頭致謝了。

沈傲連忙擺手道：「這都是陛下的主意，是之章的故事寫得好，我哪裡敢居功。」

一陣寒暄，二人終於把話題引到了生意上，沈傲問陸家都做些什麼生意，陸太爺道：「主營的是車行，至於鋪面也有。」

陸家的車行做的還真不小，幾乎江南江北各大路府都有他們的接駁點，雇用的夥計就有萬人，到了這個份上，沈傲倒是對陸家不敢小覷了。

陸太爺笑道：「早知道沈大人在外頭也有些小生意，邃雅茶坊在汴京和杭州就有七八家了，若是有興致去杭州開駐分店，鄙人或許能幫襯上一二。」

沈傲眼眸一亮：「茶坊倒還好說，只是我這邃雅周刊和詩冊若是能通過陸家車行發售的話，世伯認爲可行嗎？」

沈傲所想到的，是車行的作用，這個時代的車行和後世的郵局類似，陸家在這麼多城市都有駐點，那麼邃雅周刊和詩冊豈不是可以通過車行運往各個城市，雖然不在汴京買不到新版，可是滯後個把月在這個時代也不算什麼。

若真能實現這種全新的銷售模式，那麼邃雅周刊和詩冊就可以迅速從汴京走遍全國各州府，其銷量至少可以增加十倍不止。

陸太爺想了想，道：「平時車行都是給人載貨的，路上帶些書冊倒也不打緊。」

陸太爺話音剛落，也立即看到了商機，他是老江湖，立即明白了沈傲的意思：「若是邃雅周刊需要送貨，我吩咐下去，讓各地的夥計夾帶著就是，如何？」

沈傲搖頭，靠著人情去維繫這種生意是不成的，於是便提議陸家入股，給他們分個兩成的利，陸家有了好處，往後車行與邃雅周刊便可捆綁。二人商議了一陣，立即擬出了細節，於是當場拍板，一件對邃雅周刊影響深遠的協定算是達成了。

沈傲忍不住笑道：「如此一來，沈某又少不得去多招募些印刷工匠了，如今邃雅周刊每週印刷數萬份已是不堪重負，將來若是銷量達到數十萬上百萬，到時又是一件頭痛之事了。」

陸太爺很有深意地笑了笑道：「誰會和錢過不去的？頭痛歸頭痛，可是生利的事便是頭痛也不失樂趣！」

二人不由地相視一笑，倒是將陸之章冷落到了一邊。

見過了陸太爺，沈傲免不得去邃雅山房找吳三兒做準備，又叫人去請了楊戩來商議生意的事，如今這邃雅周刊，沈傲占了五成的股，楊戩則是四成，吳三兒不多，只有一成。

三人商議了一陣，楊戩十足是個甩手掌櫃，沈傲說出讓股份，銷量能暴漲十倍不止，如此算了算，倒也不打緊，心甘情願讓出一成股拿給陸家。

沈傲這邊也出讓了一成，湊出了兩成，其餘的就是商討招募工人、擴建作坊的事宜了，印刷工匠畢竟不是普通的匠人，首先就要求能夠識字，雖說汴京能識字的人比狗還多，可是識字的未必有幾個肯屈身去做工的，吳三兒抱怨了一陣，卻也知道眼下說再多也沒有用，只好叫人各地去招募。

楊戩底氣足，笑呵呵地道：「邃雅周刊的事，陛下也挺關注的，昨日那一篇文章寫得好，陛下今日起來又看了一遍，還特意寫了一個新匾，叫人掛在了文景閣裏，沈傲，還是你有辦法。」

昨日那篇文章其實是沈傲定的稿，叫陸之章按著他的題目寫了一份，如今博了個龍顏大悅，沈傲不覺得意外，呵呵笑道：「不知陛下掛在文景閣裏的牌匾寫的是什麼？」

楊戩道：「罪己省身。」

沈傲無語，這皇帝還罪己罪出癮來了，如今不斷催眠自己，連罪己詔都成了他英明神武的藉口，雖然覺得他無恥，不過沈傲卻也知道，趙佶也是人，不但是人，還是個多愁善感的人，有這樣的毛病也算不得什麼。

楊戩莞爾一笑，繼續道：「所以呢，咱家以爲邃雅周刊的事還要及時稟告陛下；有些話，咱們不說，陛下也早晚會知道，還不如現在說了，沒準還能博句好呢。」

沈傲也覺得楊戩的話很有道理，點頭道：「那就勞煩岳父大人去知會一聲，就說這件事干係不小，還要陛下定奪。」

商量得差不多了，楊戩宮裏頭還有差事，起身告辭；沈傲如今把自己當作了門下省，發出了指令，就由尚書省的吳三兒去執行，所以他交代幾句，仍舊做他的甩手掌櫃。

這幾日左右忙活，終於消停下來，換了便服陪著夫人們出去閒逛，恰巧這幾日廟會，便帶了府裏頭幾個家人去湊湊熱鬧；沈傲本就是個不安分的人，一路過去，東拉西扯的事不少，路上撞見了幾個朋友，頷首相互點了頭，對方因爲風聲緊，也不說什麼。

那陳濟的婢女啞女有時也隨夫人們出去，因爲陳濟的地位高，算是長輩，這啞女芸奴伺候了陳濟十幾年，大家也都不將她看做是下人，因而每一趟出門，四個女人一台戲，靡費沈傲銀錢若干，好在沈傲如今家大業大，也不至於心痛，見她們高興，也只在旁搖著扇子直笑。

該歇的也歇了，自然免不了去鴻臚寺值堂，這一趟過去，鴻臚寺上下算是對這位沈大人有了重新的認識，連皇帝也爲了保他而不得不下罪己詔，這是什麼聖眷？當真是曠古未有。如今這位沈大人，雖然只是個寺卿，可是任誰都知道，便是蔡京蔡太師見了他，也只得避他的鋒芒。因此一個個更是小心翼翼伺候，平時有什麼公務，沈傲說一句，或許還會有人提出：「大人……下官以爲……」之類的話，可是現在卻都不敢了，下官以爲個屁啊，在沈大人面前這就是自以爲是，是不識好歹。

最膽戰心驚的是同文館主簿楊林，這位楊大人也是吃了豬油蒙了心，當年也曾風光過，高中過進士及第，可惜時運不濟，因爲長得醜，不管是吏部還是朝中的大老都不看好他，新黨、舊黨當年鬥得死去活來的時候沒他的份，後來蔡京主政，更是連正眼都沒有瞧過他，好不容易熬了個主簿的資歷，居然還是同文館，這同文館主簿聽著好像挺光鮮的，其實比那書畫院的學士還慘上幾分。

整個鴻臚寺下設五個部門，一個是管僧侶的，這自不必說，其餘的分別是掌河西蕃部貢奉之事的管幹所；掌回鶻、吐蕃、黨項、女真等國朝貢的禮賓院；掌南蕃交州，西蕃龜茲、大食、于闐、甘、沙、宗哥等國貢奉之事的懷遠驛，此外還有掌高麗事的同文館。

這裏頭最悠閒的，應當是河西蕃部和南蕃以及龜茲、大食、于闐等國事的管幹所和懷遠驛，畢竟這些都是藩國，打起交道來沒有太多的麻煩，油水也足。至於那掌回鶻、吐蕃、黨項、女真等國的禮賓院就有點麻煩了，想當年禮賓院主事沈傲也幹過，可以說，這算是鴻臚寺真正的實權部門，雖然麻煩多，可是權力也不小，只要你有本事，打交道打得好了，皇帝也看得見，三五年就有升遷的機會。最慘的就是掌高麗事的同文館，高麗在哪裡？人家和大宋不接壤啊，隔著個幾千里，中間還橫了個遼國和金國，你怎麼去和人家打交道？

再者說，高麗人也油滑得很，一方面想從大宋撈點朝貢賞賜的油水，一方面又是個牆頭草，遼國強的時候向契丹人稱臣，金人強的時候，立即屁顛顛的跑去遣使納貢了。

所以眼下高麗人奉行的國策是給金人當孫子，每年向金人進貢不少的高麗參和貂皮還有銀錢，生怕得罪了這位強鄰。可是另一方面，他們也絕不肯和大宋斷絕交往，每年居然還厚著臉皮來納貢，等著大宋的打賞，有好處的事，他是一點沒有落下，至於叫他們去與大宋遙相呼應，他們立馬沒了影兒。

遇到這麼個無賴，同文館自然也不受人待見，須知和這樣的人交涉，反正也交涉不出個結果來，大宋呢，也是睜一隻眼閉一隻眼，拿點錢打發就是。再者說了，一年到頭高麗人也只來一次，最多也只是忙活個把月，誰也不把他們當回事，久而久之，當然連這同文館主事也不受人重視了。

要油水沒油水，升遷又無望，楊林心裏絕望，如今年紀不小，只恨不得立即尋個機會奮力一搏；而彈劾沈傲讓他看到了機會，只要這一趟能抓住時機，在蔡太師面前表現一把，或許能擺脫眼下不尷不尬的地位。

反正在當時看來，沈傲已是大勢已去，他身為沈傲的同僚，找起罪證自然方便，於是連夜寫了一份聲淚俱下的奏疏遞了上去。

只是誰曾想到，沈傲非但分毫未傷，反倒更加炙手可熱，楊林膽戰心驚，已覺得大禍臨頭了。

一大清早，各主簿到寺卿的廳裏去敘事，整理各國使節的國書以及一些各國傳來的密報，沈傲正看著西夏人遞來的文書，突然將手中的文書放下，淡然道：

「我聽說前幾日有幾個倭人在汴京城裏滋事，據說還是倭人送來的公派學生，這件事，同文館爲何不報？」

楊林面如土色，不敢出聲，本來同文館負責的是高麗事務，不過倭人的事一般也是由同文館來處置的，沈大人突然拿這事出來說話，不正是要借機報復？楊林萬念俱灰，心想這一下算是完了，非但別想再有晉升的希望，連這同文館的差事都要不保了。

「怎麼不說話？」沈傲的語氣依然淡然。

「大……大人……」楊林想著措辭，期期艾艾地道：「倭人在汴京滋事早已有之，這件事按常例是不管的，畢竟倭人使節對我大宋甚恭，幾次三番遣使稱臣……」

「這是什麼話？」沈傲打斷他：「甚恭就可以恣意妄爲，在我大宋的地界滋事，這是哪裡來的規矩？」

這一聲厲喝，將所有人都嚇了一跳，都屏息看著沈傲，心裏都在想：「楊林算是完了。」

沈傲靠著座椅的後墊，拿起茶來慢吞吞地喝了口，才道：「所有人都出去，楊林留下。」

頃刻間，少卿、寺正便灰溜溜地帶著各主簿悄悄退走，就是記錄的文錄也隱到一邊去了。

「大人……下官該死……」楊林頹然的仆倒跪地，大氣都不敢出。

沈傲慢悠悠地道：「該死倒不至於，你負責高麗的往來，倭人那邊也要費費心，該管的要管，否則要你這主簿做什麼？你留著心吧，那肇事的兇手該拿就拿，沒這麼多客氣，記著了嗎？」

楊林聽沈傲的口氣倒是緩和下來了，又驚又疑，連忙道：「是，下官明白，該拿就拿，要重重嚴懲。」

沈傲擺擺手，道：「按規矩辦就是。」

楊林連連說是。

沈傲才幽幽地道：「你的那份奏疏，我倒是看了，寫得不錯，費了不少心機吧？」

楊林才放下的心又提了起來，連忙求饒道：「下官該死，下官吃了豬油蒙了心，一心只想巴結……」巴結後面的名字他是不敢說了，只是不斷地打躬作揖，冷汗浸濕了衣衫。

沈傲淡淡一笑道：「我查過你的檔案，你是建中靖國元年的進士及第，卻沒有外放的份，先是去了大理寺，後來才到得鴻臚寺的，是不是？在鴻臚寺一待就是十幾年，雖說升到了主簿，卻不巧發落到了同文館，好在你這幾年在同文館倒也沒出什麼差錯，倒還過得去。」

沈傲這邊說，楊林那邊已是嚇得臉色慘白，人家連自己的底細都摸清楚了，想必傳聞這沈大人睚眥必報不是空穴來風的。

沈傲卻道：「你用心做事吧，不要老想著去投機取巧，說得不好聽些，就是你想給蔡京爲虎作倀，人家也未必看得上你。你事辦得好不好，我都擦亮著眼看著，只要辦得好，自然不會讓你在同文館裏待個一輩子。」

楊林簡直不敢相信自己的耳朵，隨即生出幾許劫後餘生的感慨，擦了擦額頭上的冷汗，感激道：「下官真是該死，大人竟肯對下官說出這些話，下官就是粉身碎骨也難報萬一了。」

對於這種懷才不遇之人，沈傲倒是沒必要和他計較，趨炎附勢是人的本性，真要報復他也報復不過來，眼下給他點甜頭，還能換來他的感激，將來在鴻臚寺裏多一個心腹，也沒什麼不好。

沈傲固然睚眥必報，卻也懂得得饒人處且饒人的道理，輕描淡寫地揮揮手道：「倭人的事現在就去辦，直接知會京兆府拿人就是。」

楊林千恩萬謝著去了。

沈傲又拿起案上的西夏文書，忍不住按了按太陽穴，冷笑道：「這西夏人還真是蹬鼻子上臉了，哼，且看他還能蹦躂多久。」

時間悄悄過去，此時已過了春，各國的使節也紛紛到了，鴻臚寺也漸漸地忙碌起來，沈傲埋首在公案中，漸漸地也有些焦灼，不知不覺間到了月末，按道理，朝廷每隔一月便會進行一次大廷議，六部九卿都要參加，算是一次月末總結，沈傲身爲大理寺寺卿，當然也有參加的資格。

第一七三章
願賭服輸

沈傲冷笑道：「欺人太甚？王大人，我倒要送你一句話，
做人呢，還是要知道願賭服輸的道理，
識相的，就帶著五百貫滾出京去，不識相……」
沈傲森然地一字一句道：「那也就不必走了，沈某人奉陪到底。」

一大清早，王黼更了衣衫，這一身令他容光煥發的紫袍，並沒有提起他的幾許精神，從寢臥出來，抬頭看了看天色，王黼捋著鬚，露出一絲苦澀的笑。

今日，他有一種不祥的預感，總感覺要出事，自從那一道罪己詔出來，他便稱病在家，只是半個月過去，卻是一點消息都沒有，彷彿一切如石沉大海，那雷鳴閃電之後見到的不是驚濤駭浪，反而撥雲見日，風和日麗起來，可是在他看來，這更像是風雨欲來前的寧靜。

王黼不敢有半點的鬆懈，他心裏知道，依著沈傲的為人，不可能沒有動作，唯一的可能就是姓沈的在等，等一個恰當的時機，今日的廷議，極有可能就是沈傲反戈一擊的時候。

這些時日，王黼從一個炙手可熱的人物，一下子成了孤家寡人，蔡府與王府院牆之間的小門又封死了，幾次想拜謁蔡京，蔡京那邊只說身體不爽，總是不肯見他。

這老狐狸只要一有風吹草動，便立即換了副嘴臉，王黼卻也不敢說什麼。他明白，但凡有一點機會，蔡京都不會袖手旁觀，畢竟他是新黨骨幹，蔡京如此冷漠，必定會遭人唾罵，以後誰還敢攀他這棵大樹？除非這老狐狸得到了什麼風聲，明知他王黼必死無疑，救了只會引來一身騷，才會做出這等事來！

蔡京如此，門下的故舊當然也好不到哪裡去，平時車水馬龍的少宰府一下子變得冷冷清清起來，平時三天兩日來問安的，一個個都變成了啞巴聾子，過他的門都要繞著道走。

世態炎涼，王黼早已知道，卻不曾想自己有一天竟也撞上了，望著黯淡的天氣，他無聲地走到門房，門口穩穩當當地停著一方紅頂小轎，原本王黼的轎子自有貼合他少宰的氣派，只是罪己詔出來後，他立即叫人減少了不必要的排場，這小轎子坐在裏頭不颯爽，坐久了有一種要被捂餿的感覺，王黼十幾年來平步青雲，早已和這種小轎子無緣了，如今重新坐進去，便有一種讓他透不過氣的不適。

鑽入轎中，轎子穩當地抬起，隨即帶著王黼穿過街巷，這裏距離宮城並不遠，轉眼之間，在霧濛濛的清晨裏便抵達了正德門。

王黼下了轎，這裏已站滿了不少官員，有不少和他是相熟的，只是今日卻沒有人過來和他打招呼，都是冷冷地看了他一眼，如老鼠見貓一樣躲開眼去，爲了掩飾尷尬，都故作沒有看見他。

王黼也只是當作沒有看見，撣了撣袍子，站到一邊去。

清晨的濃霧漸漸稀鬆，一縷晨陽透過霧氣灑落在琉璃瓦上，折射出炫目的光彩；每次朝會，蔡京都是第一個到的，這是規矩，其餘的官員都知道太師會提早來，所以都不敢爭他的先，一定要比他晚來幾刻，所以蔡京危顫顫的躬身站在正德門口，見了王黼過來，也不理會，只是複雜地看了他一眼，微微地搖了搖頭。

宮裏的鐘鼓終於傳出來，宮門打開，群臣魚貫而入，平時三省的小朝都是在文景閣，一些重要的大臣過去坐著和皇上議議事也就是了。只是到了大朝卻不同了，不但是文武百官，就是各國駐京的使節也得乖乖地來參加，人數足有數百人之多，朝議的地點則是在講武殿。

等到群臣們稀稀落落地進去，沈傲才騎馬過來，在宮外停下馬，也不需出示金魚袋，門口的內侍和禁軍便放他進去。

講武殿裏鴉雀無聲，沒有從前輕鬆的氣氛，在往日，大家多少會尋些話題竊竊私語幾句，只是今日，所有人都意識到有事要發生，有的去看王黼，有的卻是去看沈傲，這兩個冤家像是在打擂臺，誰都不肯和人說話，卻皆是露出一副氣定神閒的模樣。

等到趙佶從後殿出來，今日穿著大紅冕服的他顯得精神颯爽，目光在殿中逡巡一陣，開口道：「諸卿有事要奏嗎？」最後，目光落到沈傲的身上，鼓勵地看著他。

沈傲屹然不動，待在班裏站著，倒是有幾個朝臣站出來，這個說起秦鳳路的旱情，另一個稟報的是今年軍餉的開支情況，趙佶聽了，說了幾句話，便打發門下省處置，蔡京頷首點頭，一一應下來。

趙佶也是等得急了，他早就對沈傲有過暗示，可是如今沈傲卻不說話，叫他有點氣惱，咳嗽一聲，對沈傲道：「沈卿有事要奏嗎？」

沈傲慢吞吞地站出來，道：「回稟陛下，臣有事要奏。」

聽到這一句，所有人都支起耳朵，趙佶不由打起精神，轉眼看了面色黯然的王黼一眼，厭惡地冷哼一聲，看向沈傲，再次鼓勵地道：「所奏何事？」

沈傲朗聲道：「臣在思考。」

思考……這個時候，你思考個屁啊！趙佶忍不住腹誹一句，不得不壓著火氣道：「愛卿思考什麼？」

「臣在想，在朝的官員都是讀書人，讀書人總要講幾分禮義廉恥，是不是？」

「愛卿不必繞彎子，直說無妨。」

「可是這朝中卻有一個人沒有廉恥。」

「此人是誰？」

「王黼！」沈傲眸光一厲，變得咄咄逼人起來，這一下朝中所有人都打起了精神，忍不住順著沈傲的目光向王黼看去，王黼面如死灰，仍然站著不動。

今日的情形，他早已想好了，沈傲要搜羅他的罪證，他也都有了應對的辦法，就說他貪墨的那些銀錢，賬目都已經釐清，也沒有人能抓得到他的把柄，還有平時的一些不法之事，大多都做得沒有痕跡，應當也尋不出什麼差漏來，沈傲要彈劾他，只會引來一身的騷。

更何況他做的許多事都和太師脫不了干係，除非沈傲這個時候想和太師撕破臉，否則也絕不敢拿這個說事。

王黼心裏還有著幾分僥倖，想看看沈傲要拿什麼事來做文章。

趙佶聽到王黼二字，雙目一闔，撫著御案慢吞吞地道：「王黼有何罪？」

沈傲朗聲道：「微臣方才說過，人要有廉恥，更何況咱們是讀書人出身，可是我們這位王黼王大人卻不同，他讀的是聖賢書，做的事卻是豬狗不如。」

趙佶道：「不要賣關子，快說！」

沈傲道：「今日清早，臣在上朝途中，遇到了王黼王大人，此人突然在街上停落了轎子，就在這天子腳下，皇城根下隨地大小便……」

隨地大小便……趙佶的面容一下子變得古怪起來，眼色複雜，他左思右想，滿心期待沈傲的彈劾，得來的卻是一個隨地大小便，還是當著這滿朝文武、外藩使節說出來，此刻的趙佶就如吃了一隻蒼蠅，實在是無言以對，連他自己，都暗惱不該和這沈楞子一唱一和了。

非但趙佶面容古怪，便是滿朝文武，嘴巴都張得如雞蛋那般大，隨即有幾個年輕的朝官，忍不住撲哧一聲笑出聲來。

王黼原以爲沈傲已搜羅了他的罪證，心裏頭也早有了腹稿，只是不曾想沈傲竟誣他隨地大小便，其他的罪狀倒也罷了，這隨地大小便當著這麼多人說出來，讓他遭受的打擊卻不比什麼貪贓枉法要輕，他好歹也是半截身子要入土的人，出身書香門第，入朝多年，臉面還是有的，今日這件事傳出去，他王黼還要做人嗎？不出三日，就要傳遍天下，成爲所有人的談資。

可以說，沈傲這句話的威力比之王黼預料之中的所有罪狀都要嚴厲，他怒從心起，紅著眼睛站出班道：「荒唐！」

沈傲笑呵呵地看著王黼，眼眸中沒有絲毫的同情：

「是啊，王大人荒唐得可以，清早這麼冷的天兒，解衣隨地便溺，也不怕大風把自己吹僵了。若不是沈某人親眼所見，哪裡會想到當朝少宰，竟會做出這等有辱斯文、教人恥笑之事。王大人，那迎著晨風隱在薄霧之中便溺的滋味如何？」

王黼怒道：「沈傲，你可有什麼證據？」

沈傲言之鑿鑿地道：「沈某人親眼所見，算不算證據？」

這個時候誰也不敢插口，便是趙佶，也當作什麼事都沒有發生，臉上的微笑有點尷尬，偏偏也不好打斷，由著他們相互攻訐。

王黼急得跺腳道：「你……你血口噴人。」

沈傲氣定神閒地道：「沈某人血口噴人又哪裡比得上王大人便溺噴人？」

眾臣忍不住了，俱都笑起來。

這一笑，恰好觸動了王黼的神經，一股子無名火起冒出來，殺機騰騰地想要張口，卻是一口氣提不上，話噎在喉嚨裏吐不出。

沈傲抓住時機，捶胸頓足地道：

「陛下，諸位同僚，咱們都是斯文人，有些話我不吐不快，咱們都是讀書人，身爲讀書人，更要三省吾身，時刻注意自己的言行，我們這位王黼王大人倒好，有人不做卻是學狗，就在大街上，貼著牆根，拉開襠褲來便只圖自己痛快，這叫什麼？這叫禽獸！虧得今日撞見的是我，若換了尋常的百姓，看到一個紫袍公服的朝廷大員如此的不知羞恥，這事傳出去，不知道的人還當咱們在朝的都沒有廉恥。到了這個時候，讀書人何辜？群臣何辜？要爲一個害群之馬，背上這麼一樁羞於言之的罪狀！」

王黼氣得不行，雖說他的名聲不怎麼好，可是這種隨地大小便的事讓他羞憤欲死，在他看來，貪贓枉法、打擊政敵也算是一種本事，可是隨地便溺算是什麼？

王黼怒視著沈傲，惡狠狠地道：「沈傲，朝堂之上，你污言穢語是什麼居心？」

沈傲板著臉道：「我污言穢語比起王大人身體力行總是要好吧？」

「你這是污蔑。」

「污蔑不污蔑，王大人心裏頭清楚！」沈傲朝他冷笑，這傢伙污蔑得還少嗎？今日也叫他知道被人污蔑的滋味！對付這種人，沈傲有的是法子！

兩個人互相爭執，讓整個朝堂都變得古怪起來，卻都不敢說話，到了這個時候，所有人都開始玩味起趙佶的態度，兩個大臣在這兒相互攻訐，陛下爲什麼不管？可能性只有一個，沈傲攻訐王黼，本就是陛下授意的。

因此這二人鬧得凶，卻無人敢出來說些什麼！

「咳咳……」趙佶終於咳嗽一聲，捋鬚沉眉道：「好啦，都不許胡鬧，你們這樣成何體統？」

趙佶終於發話，卻是不置可否，大手一揮：「退朝！」

陛下走了，沈傲朝王黼咯咯一笑，抬腿也走了，其餘的大臣不敢逗留，也紛紛退去；只留下王黼一個，卻是失魂落魄！

方才陛下的意思是什麼？王黼一時想不透，他又想了想，苦笑一聲，才是臉色黯然地回家去。

按常理，朝臣被彈劾，不管是否證據確鑿，都要寫一份自辯或認罪的奏疏，王黼回到家中，將自己關在書房，立即執筆上自辯奏疏，自然是痛罵沈傲幾句，說他顛倒黑白，指鹿爲馬，只是到了奏疏要收尾時，他卻突然不動了。

自辯也好，請罪也好，臣子都要有點兒矜持，所謂的矜持，就是在奏疏之後要寫幾句客套話，比如說臣老眼昏花之類提出致仕，這是常例，提出來之後，通常情況送到宮裏之後，皇帝都會回覆朕相信愛卿，致仕之類休要再提之類。

這種言語上的客套，也算是證明清白的一種方式，雖然繁瑣，卻總要扭捏矯情幾下。

只是王黼想到此處不由皺起眉來，生怕落筆請辭之後宮裏頭真的恩准，他為官至少宰這個位置已是花費了大半輩子的心力，一旦致仕，那就什麼都不是了。

正沉吟間，終於還是咬咬牙，寫道：「老臣近來老眼昏花，心力憔悴，望陛下恩准，令臣致仕。」隨即，便讓人送入宮中，在家待罪。

只是關於他的笑話，早已流傳出去，本來王黼的官聲就不好，如今出了這麼個段子，坊間已經傳揚開了，這一期的邃雅周刊，也拿這個打趣。

便是在府裏，一些下人也悄悄地拿這個說笑，王黼只能當作沒有聽見，卻是明白，這個笑話已是讓他身敗名裂，再也抬不起頭來。

正在他驚疑不定的時候，宮裏頭傳出了中旨，一個公公到了這少宰府上，趾高氣昂地念了起來，王黼跪在下頭聽。

前面倒還好說，皇帝對他大是撫慰一番，說他不必驚疑，沈傲胡言亂語，朕已好好地訓斥了他，這件事純屬是子虛烏有之事。可是後頭的話卻是不對勁了，意思是：朕聽王卿家所言，也知道卿家年紀老邁，王卿家勞苦功高，如此，就准許致仕回鄉吧。

聖旨念完，王黼已是冷汗直流，想不到辛苦經營了大半輩子，竟是黯然收場，沮喪地接了旨意，這公公不冷不熱地道：「陛下還說了，王大人想必是歸鄉心切，今日就離京吧，快去收拾了行李，咱家好回宮覆命。」

這一句不啻是趕王黼出京了，王家的下人見了此情此景，心知王黼大勢已去，整個少宰府陷入了混亂之中，有捲了金銀器物跑的，有哭作一團的，紛亂種種，連王黼都止不住了。幾個主事也都心不在焉，忠厚的雖然想訓斥，卻已沒有了從前的威風。

後眷那邊也是一團糟，幾個小妾帶了身家要逃，被夫人止住，竟是廝打起來，也沒人去阻止。許多人都流傳家主失了聖眷，如今官家早晚要加罪，到時候說不準便要禍及全家，所以夫人如瘋子一般，衣衫凌亂地被人拉扯時，也無人去幫襯一把。

終究是王黼平時不寬厚，再加上這府上的奴僕裏，許多都是看了他的權勢攀附上的，如今讓人眼紅的權勢化為烏有，立即樹倒猢猻散，誰還肯跟著他回鄉去？

王黼畢竟還有幾分鎮定，暫時也顧不上家裏頭，立即叫了幾個忠心的家人守住了庫房，他當了這麼多年的官，搜刮的銀子何止百萬，就算這官做不成，回到鄉中也不致困頓。

心裏惆悵了一番，又叫了幾個攀附的族兄弟商量，這幾個兄弟好歹都有個官身，如今見王黼倒了，卻也知道自己大禍臨頭，如今也覺得還是隨王黼一道請辭了拉倒，反正攀附到了他身上，衣食無憂總是有的。

王黼交代了退路，總算定下了神，心裏雖然如鯁在喉，卻不得不作出鎮定自若的樣子，指揮若定，叫人打點行李。

只是王家家大業大，裝車的行李便是百輛大車也不夠，於是只好捨棄傢俱，只裝金銀珠寶，足足忙了一個上午，才有了頭緒。

那傳旨的公公帶著幾個禁軍就坐在門房處，既不幫忙也不阻攔那些逃奴，好整以暇地喝著茶，冷眼看著。

王黼想要去說幾句客氣話，又覺得那公公必定是楊戩的人，說了也是白說，不由看了隔牆外的蔡府一眼，見蔡府那邊一點動靜也沒有發出，心裏更是感慨。

正是這時，一個主事踉蹌地奔過來，期期艾艾地道：「大……大人，沈傲來了。」

沈傲？王黼心裏咯噔一下，他現在只想著平平安安地離京，不願再生枝節，雖說這辛苦經營的官兒已經沒了，卻總算還能做個富家翁，可是沈傲這個時候來做什麼？

王黼快步走到門房處，便看到沈傲和門房處傳旨的公公在那兒噓寒問暖，站在沈傲身後的，居然還有個遼人裝扮的傢伙。

王黼遲疑了一下，踱步過去，冷笑道：「沈大人是來看笑話的嗎？」

沈傲不再與那公公閒聊，笑呵呵地看著王黼道：「這是哪裡的話，沈某人聽說王大人致仕了，因而急匆匆地趕來和大人告別的。」隨即旋身給王黼介紹道：「這位是遼國使臣耶律大業，哈哈，他也久仰王大人很久了，因此特來見見。」

耶律大業奉承似地朝沈傲笑笑，隨即朗聲朝王黼抱拳行禮道：「我聽沈大人說，王大人兩袖清風，爲官清正，很是仰慕。」

面對遼人，王黼卻不得不擠出幾許笑：「久仰久仰。」

沈傲在旁道：「耶律大人是不知道，我們這位王黼王大人是清廉得出了名的，你看他這宅子，千萬不要被迷惑，表面很大，其實是金玉其外敗絮其中，裏頭沒什麼好東西的。」

耶律大業一副受教的樣子連連點頭。

沈傲繼續道：「王大人這個少宰一年的年俸不過是百貫而已，這幾十年也不過攢了兩千貫的銀子，平時的用度都指著這點薪俸了，哎，如今他致了仕，身上的餘財只怕不多，滿打滿算也不過五百貫而已，想到王大人回了鄉，生活困頓，我就很過意不去。」說著，從身上抽出一張百貫錢引，拱手送到王黼跟前：「這是沈某人的一點小小心意，請王大人笑納。」

耶律大業也覺得有點不好意思，可惜他身上沒帶錢引，只好解下一枚玉佩，道：「請大人笑納。」

王黼心中暗暗警惕，冷面道：「沈大人這些錢還是自己留著吧，錢，王某人還不必求到你的頭上。」

見王黼不接，沈傲訕訕地在門房處坐下：「那我在這裏喝喝茶，王大人自便。」接著便又與傳旨的公公談天說地起來。

門口有這麼個傢伙堵著，王黼心裏頭很不自在，只是再沒心情他和計較了，如今淪落到這個地步，也只能任人笑罵，指揮人將緊要的財貨裝了車，正準備倉皇離京，可到了門房處卻遇到了麻煩。

馬車要從偏門過去，卻被沈傲攔住，沈傲在那兒抹著眼淚道：「我大宋的官員都有王大人這般清廉，那該多好？耶律兄，你看，王大人的車子出來了，他的家什都裹在車裏密不透風，便是怕被人看到了他的窘況，我猜得沒錯的話，這車裏頭一定是一些爛布破衣服什麼的，王大人一件衣衫可以穿二十年，打滿了補丁也捨不得丟棄，這個精神非但我這後進要學習，便是你們遼人也不能落後。」

耶律大業滿是崇拜地道：「一定，一定，我回去之後，要給我大遼皇帝上疏，宣揚王大人的清廉。」

正說著，沈傲滿是悲痛地道：「那就給你看看咱們王大人平時穿的是什麼碎布衣衫。」走到車前，一下掀開厚實的氈布，眼前頓時五光十色起來，銅錢、金銀、美玉散落了一地。

耶律大業眼睛都直了，心裏在想：「這也叫清廉？如此看來，我們大遼個個都是包龍圖了。」

沈傲擦擦眼睛，神色肅穆地道：「這是幻覺，這是幻覺，騙不了我的。」眼睛閉上，繼續道：「等我睜開眼，就返璞歸真了。」

沈傲再睜開眼，返璞歸真是沒有，那金銀珠寶灑落得遍地都是卻是真的。

王黼看了前面的動靜，已急促促地趕了過來，怒道：「沈傲，你……」

沈傲咦了一聲，不等王黼翻臉，他倒是先翻臉了：

「王大人，這是怎麼回事？這些金銀珠寶何止十萬貫，整整一大車子，這些財富是從哪裡來的？哼，今日大遼使臣也在這裏，我還想將大人視為先進典型，好好地在契丹使臣面前宣揚我大宋官員的作風，嚇，你倒是厲害，每年那麼一點薪俸，家裏竟藏了這麼多寶貝？」

耶律大業板著臉道：「看來大宋的官，比咱們契丹人還要壞，王大人名不副實是這方面的典範，我一定要將這件事稟告我大遼皇帝。」

「你看看，你看看，王大人的這點破事都要名揚四海了，王大人，你該怎麼解釋？你這可是有辱我大宋國體啊，這倒也罷了，官家對貪墨也是深痛惡絕的，屢屢發旨整飭不法官員，你要是不說出個理來，少不得我要進宮去將這裏的事如實稟告了。劉公公，你也是看見了的，這麼多金銀珠寶，眼下還只是冰山一角，你來做個見證，省得到時候又說我污蔑他。」

王黼一下子慌了，他是暈了頭，滿腦子想著自己的後路，一時也沒有注意到沈傲會拿這個做文章，若是沈傲又去告狀，官家那邊對他已是冷漠無比，只怕又要惹來麻煩。

王黼壓住火氣，沒好氣地道：「這些是我撿來的，沈大人，可以了嗎？」說著不耐煩地道：「陛下命我立即出京，我沒功夫和你在這兒廝磨，快讓開。」

沈傲大叫道：「撿來的？這還真是巧了，我前日恰好掉了許多珠寶，咦，這些珠寶怎麼看著如此眼熟，啊……」沈傲撿起一支玉釵：「大家快來看，這玉釵上寫著羅英鳳的名諱，諸位可知道這羅英鳳是誰嗎？」

耶律大業問道：「請沈大人賜教。」

沈傲板著臉，目光深遠，幽幽然地道：「她是我的初戀情人，初戀知道不知道？和你們契丹人說了也不懂。」

耶律大業問：「這羅小姐後來如何了？」

「後來……」沈傲撇撇嘴：「跟個男人跑了，我特意定了個玉釵，刻了她的名兒，便是希望永遠不忘記她。」

耶律大石驚嘆一聲，才是道：「沈大人果然是風流情種，佩服，佩服。」

「佩服你個大頭鬼！」沈傲心裏腹誹一句，將玉釵毫不客氣地收入懷裏：「這就算是完璧歸趙了，原以爲我丟的那些珠寶再也尋不回來，想不到竟被王大人拾到，可見我和王大人有緣啊。王大人拾金不昧，實在讓沈某人佩服，好啦，這些珠寶，沈某人就帶走了，王大人，沈某在此謝過。」

說著朝後頭趕車的車夫大喊：「都停下，停下，待會兒跟我走，不聽話的，都以盜竊罪論處，抓你們去京兆府打板子。」

車夫們都看著王黼，不敢做聲，王黼已經給氣得七竅生煙，怒道：「沈傲！你莫要欺人太甚。」

沈傲的臉色瞬即變得冷冽起來，看得一旁的劉公公和耶律大業都不由心驚膽戰，沈傲冷笑道：「欺人太甚？王大人，我倒要送你一句話，做人呢，還是要知道願賭服輸的道理，若不是官家下的是罪己詔，只怕欺人太甚的就是你王大人，你識相的，就帶著五百貫滾出京去，不識相……」沈傲森然地一字一句道：「那也就不必走了，沈某人奉陪到底。」

王黼先是臉色猙獰，隨即又變得黯然起來，冷哼一聲，卻是再不敢說話。

「把車子全部送到沈府去，耶律兄若是有閒，就幫著我在這裏監督，哪個傢伙敢貪墨我沈傲的東西，我有的是辦法收拾他。」

沈傲丟下一句話，施施然地去牽了拴在門前槐樹下的馬走了。

第一七四章
武備學堂

如今沈傲說出一個折中的辦法，

既可以避免麻煩減少開銷，甚至不需他撥付一兩銀錢，

同時又能讓他多一分安心，他自然不會拒絕：

「既如此，那你便放手去做吧！這個學堂就叫武備學堂。」

處置掉了王黼，趙佶心情不錯，在文景閣中畫了一幅山水圖，落下筆，便聽到外頭傳來沈傲的聲音：「陛下在嗎？」

外頭的小內侍剛要回答，趙佶已經在閣裏道：「進來吧。」

沈傲笑呵呵地入閣，朝趙佶行了個禮，道：「陛下今日的心情倒是不錯。」

趙佶坐下，小心翼翼地捧起畫，對一旁的楊戩道：「去，裝裱起來。」說著，板著臉對沈傲道：「朕叫你去彈劾王黼，你卻在朝堂裏說什麼隨地便溺，哼，還嫌鬧的笑話不夠多嗎？」

沈傲正色道：「陛下恕罪，這件事也怪不得微臣，陛下只說彈劾，可是一時之間哪裡能尋到他的罪證？沒辦法，微臣只好從簡了！」

趙佶冷哼一聲，又道：「上午你到王黼家裏去了？」

沈傲老實交代：「確實是去了，王大人很大方，送了我些財貨……咳咳，價值差不多兩百多萬貫，微臣第一次見到這麼多錢，真是嚇了一跳。」

趙佶也來了興致，笑著道：「這麼多錢你也沒處放，納一半到宮裏來，放進內庫，至於其他的，你自個兒留著。」

沈傲搖頭：「陛下，臣不能給。」

「這又是爲什麼？」見面分一半對趙佶來說已是很大的優渥，沒想到這小子一毛不拔，完全不給面子。

沈傲老老實實地道：「百年樹木，教育爲本，王大人將這些珠寶送我時，千叮萬囑，說是要我繼承他的偉大精神，要爲我大宋開辦學堂，培育良才，所以這錢不能繳入內庫。」

王黼會有如此高尙的情操？趙佶不信，可是沈傲演得跟真的似的，差點兒眼淚兒都要流出來了，趙佶只好道：「書院？我大宋的書院不知凡幾，多你一個不多，這麼多錢，便是建十座百座書院也足夠了，你這傢伙，是故意要搪塞朕嗎？」

沈傲道：「陛下誤會了，微臣要辦的，是武備學堂。」

武備學堂？趙佶佛然不悅，沉眉道：「你是文臣，管什麼武備？」

沈傲耐心解釋：「其實這學堂也是爲陛下建的，微臣只是代爲籌建，我大宋固然文風鼎盛，可是武備卻是鬆弛不堪，前幾日，微臣與契丹國使談起北方時局，金人如今雖未入關，可契丹人卻是越來越吃力，幾次險些失守關隘，一旦金軍擊潰了契丹人，憑著咱們大宋現在的武備，能抵擋金人嗎？」

趙佶最怕的，就是沈傲提及這些他不願正視的事，冷著臉道：「那你的意思是，一定要朕拿出銀錢來練兵咯？」

沈傲搖頭：「練兵固然要緊，不過還有個省時省力的辦法。」

「建武備學堂？」

沈傲解釋道：「我大宋軍中只有將兵，卻少了士。」

「士？」

「所謂士，其實並不是領兵的將軍，不過他們熟知戰陣，又能識文斷字，除此之外，還有一定的帶兵技巧。這些人作戰勇敢，下能與士卒打成一片，上能與將佐溝通，衝鋒陷陣時，他們身先士卒，鼓舞士氣……」

沈傲絮絮叨叨開始掰著指頭說起士的好處，趙佶忍不住打斷道：「你說了這麼多，這些豈不是各虞候的職責？」

沈傲苦笑：「陛下，虞候和士不同，士首先要有忠君愛國的思想，那些粗魯的虞候哪裡懂得？我大宋揚文抑武，便是因爲武人一個不好，就難以控制；而士人則不同，他們都讀過書，明白事理，再讓他們進入學堂，勤加操練，便可作爲骨幹。」

沈傲之所以想出如此下策，實在是這位皇帝老兄太不爭氣，叫他掏點銀子出來練兵，他捨不得，寧可放在內庫裏發霉。

如今眼看金人南下是遲早之事，再不做出點努力，沈傲這家當還不夠金人搶呢，所謂老婆越多責任越大，兵荒馬亂的，沈傲可不想帶著一群婆娘東躲西藏，要保護自己的家人，只有未雨綢繆，在有可能的危難之前，做一些力所能及的事。

建學堂，可以算是見效較大，也是花費最小的辦法；這個主意是沈傲從倭人和歐洲那裏學來的經驗，其實沈傲那個時代的軍隊也大多採取的是這種組織模式。既所謂以武士、騎士爲骨幹，讓他們不斷操練戰鬥方法，灌輸忠君思想，並且給予他們一定的優渥，一旦戰爭爆發，這些騎士和武士就可立即補充進軍隊去，他們由於不斷操練武藝，往往很快就成爲軍中的骨幹，一支軍隊有骨幹，有人願意帶頭，士氣才能得以保持。

其實早在商周時代，軍隊普遍施行的也是這種制度，只不過由於戰爭的規模越來越大，士人的地位提高之後迅速腐化，最終淘汰出歷史舞臺。

沈傲的提議正中了趙佶的心坎，本心上，他怕麻煩，不願意花錢，有這個閒錢，他寧願去搜羅些字畫，也不願意花銷在武人身上；可是另一方面，對於金人的恐懼，也讓他憂心忡忡，只是這個皇帝解決心病的辦法就是不去想它，今朝有酒今朝醉，眼下還不是太太平平的？或許契丹人能將他們抵擋在關外也不一定！

如今沈傲說出一個折中的辦法，既可以避免麻煩減少開銷，甚至不需他撥付一兩銀錢，同時又能讓他多一分安心，他自然不會拒絕：「既如此，那你便放手去做吧！這個學堂就叫武備學堂，朕敕你爲武備學堂祭酒，你若是做得好，朕重重有賞。」

他一下子變得眉飛色舞起來，又興致勃勃地繼續道：「鴻臚寺那邊的職事，你也要兼著，不可懈怠了，你能想著爲朕分憂，也沒讓朕白護著你一場。」

沈傲連忙道：「陛下，這祭酒，微臣是萬萬不能做的。」

趙佶臉色頓時又有點不好看了：「這可是你提的建議，當然要你自己擔待。」

沈傲道：「微臣沒有不擔持的意思，只是武備學堂不比太學、國子監，這畢竟是武事，豈能讓臣子來擔著幹？微臣縱然對陛下忠心耿耿，可是這樣的先例不能開。」

趙佶不由欣賞地看了沈傲一眼，心想：這傢伙什麼時候突然開竅了？

聽了沈傲的提醒，趙佶也覺得不可大意了，畢竟是武事，學堂裏的人早晚也是要充入軍中的，這裏頭的干係，趙佶一想就透，隨即板著臉道：「這麼說，朕該委誰做祭酒？」

沈傲笑呵呵地道：「當然是陛下親領了，那些學生入了學堂，就是天子門生，到時陛下每隔月餘去訓幾句話，可比讀聖賢書更加有用！」

趙佶想不到得來的竟是這個回答，一時也沉吟起來。沈傲的提議倒是不錯，若是武備學堂創立，在軍中早晚會產生影響力，交給別人還真不放心，由自己親領，倒是最放心的辦法。

趙佶雖然不喜歡舞槍弄棒，可是做祭酒，倒是覺得頗為有趣，皇帝做得久了，也漸漸生出一些無趣，有了這個由頭，每隔月餘出宮走走，趁機看看少年們操練，倒也不錯。

沈傲卻是奸詐地想，這武備學堂的招牌就算掛出來，可是到哪裡去招募識文斷字的讀書人？眼下的風氣從文才是正道，人家有這閒情會肯去做個武夫？

有了皇帝這塊招牌就不一樣了，天子門生總能糊弄到幾個人吧，所以這皇帝非拉下水不可。

王黼落魄的被趕出京城，據說他的家僕足有數百，可是真正隨他回鄉的也不過七八個親眷，當他踏出汴京的那一刻，他已隨著踏出門洞的那一步，徹底的完蛋。

官沒了，錢也沒了，從前得罪的人此刻虎視眈眈，恨不得立即一腳將他掀翻在地，臭名昭著之下，等待他的只是無盡的侮辱和嘲諷。

往常致仕的官員臨走時，大多都有一些故舊相送，做了幾十年的官，交情還是有的，可是王黼只是孤零零的，沒有人理睬，遭到了所有人的忘記，他的政敵在暗處偷偷取笑，便是他原先的那些所謂好友故舊，如今都恨不得立即與他割裂所有關係，將他在記憶中迅速抹去。

沒有人垂憐，認識不認識的，對他只有漠然，不少人對他的評價只有一句話，自作自受。

王黼的致仕，使得整個朝局變得更加詭異，風向變了，心思也要變，眼下不管怎麼說，至少有一個共識必須達成，這個沈傲若是巴結不上，也千萬不要惹惱了他，前車之鑑實在太多，誤判了時局，後果很嚴重。

五月初的一大清早，各部堂的堂官和三省的官員照舊在文景閣坐著和官家議事，沈傲也來了，坐在一處角落，看上去不起眼，可是一個少年出現在大宋的中樞朝議中，卻顯得有些扎眼。

好在他今日並沒有咄咄逼人，見了人三分笑，趙佶未到時，還陪著蔡京笑談了幾句，大家的心思總算放下，在座的年紀都不小，經不起折騰，沈楞子不鬧騰，許能多活個幾年。

趙佶落了座，先商議了一陣各部提出的事，這時禮部尚書楊真道：「陛下，今日趁著沈大人也在，有一件事微臣不得不奏。」

楊真和沈傲的關係有點特殊，沈傲還在做監生的時候，也算他半個學生，畢竟他一直掌著禮部，只是兩個人的脾氣不對盤，尤其是沈傲做了鴻臚寺寺卿。

這鴻臚寺和禮部的職責本就有點兒不明，所以免不得和禮部打交道，楊真的脾氣火爆，沈傲也是個不肯讓步的人，一來二去，摩擦不少，好在大家公務上吵吵嚷嚷，私下裏見了多少還會打聲招呼，終究沒有把臉皮撕破。

這時聽到楊真提及自己，沈傲不由抬起眸，便聽楊真道：「鴻臚寺那邊也不知是怎麼搞的，幾個倭人學生鬧事，同文館那邊直接發文京兆府拿人，如今已判了下來，打了一頓板子自不必說，還要刺配到交州去，現在倭人那邊已經鬧起來了，找到禮部迎客司，便是希望禮部能出面斡旋。微臣是這樣想的，倭人鬧事自是有過，可是打就打了，刺配不符咱們大宋的規矩，直接將他們送回原境也就是了，倭人那邊也有個交代。可是那同文館主簿楊林卻是死咬著不鬆口，微臣現在是兩面為難，請陛下做主吧。」

趙佶聽了楊真的話，微微一笑：「不是什麼大事，招呼京兆府那邊，遣送回去吧，至於倭使，還是好好安撫，番人鬧事也不是一次兩次，終歸他們是蠻夷，初到大宋難免失了教化。」

沈傲這時不依不饒了：「陛下，禮部只負責迎客，鴻臚寺負責管理，如今鴻臚寺管了，禮部橫生出枝節來，往後鴻臚寺這邊還怎麼服人？此外，那倭人鬧的事不小，打傷了幾個路人，光天化日之下竟敢動刀子，今日放他們回去，明日他們還要來鬧。倭使那邊說得好聽，說是回去之後重責，可是微臣卻知道，能來我大宋留學的倭人，都是倭人勳貴的後代，倭人肯治他們的罪？眼下當務之急是要止住這股風氣，殺一儆百，輕易放過他們，到時候免不得又要滋事。狄夷畏威而不懷德，總要給他們一點顏色，他們才知道厲害。」

趙佶倒是爲難了，楊真心裏頭也不痛快，噢，你沈傲說得輕巧，那倭使尋的又不是你求情，人家巴巴在禮部廝磨，我還要不要辦公?正色道：「話是這麼說，可是倭人一向謹慎，往年貢奉也是最及時的，給他們當頭一棒終歸是我天朝理虧。」

沈傲理直氣壯的道：「我天朝怎麼理虧了?天子腳下，他們就敢拔刀弄槍，莫非是那幾個受傷的無辜百姓還理虧不成?眼下京兆府那邊也出了判決，若是隨意更改，豈不是助長了他們的氣焰?我又如何向傷者交代?」

趙佶壓壓手，不耐煩的道：「些許小事，也值得你們動怒?」目光落在蔡京身上，問：「蔡卿家怎麼說?」

蔡京咳嗽一聲，危危顫顫的朝趙佶抱手行了個禮，欠著身子道：「正如沈大人所說，既然京兆府有了判決，現在更改只怕有損朝廷威儀，若是京兆府的判決還沒出，倒是可以有寬容的餘地。」

趙佶頷首點頭：「那麼就按著鴻臚寺的意見辦，至於倭使要鬧，今年朕多給他們一些賞賜就是，塞住他們的嘴，朕還不信，幾個留學生能鬧出多大動靜來。」

隨即咳嗽一聲，目視著所有人道：

「朕想好了，如今四邊不寧，武事不能再荒廢下去，昨日沈卿提議興建武備學堂，以振我大宋武運，這件事朕斟酌過，確實可行，就以太學的成例把這個架子搭起來吧。朕來做這個祭酒，沈傲就來做學堂司業，替朕把著關，至於其他學正、教習，可從兵部和軍中抽調，只是這學舍卻有些麻煩，蔡愛卿幫朕去看看，地方寬闊一些，總不能叫他們到屋舍裏學習弓馬。」

「陛下領著祭酒，這是歷朝都沒有的規矩，只怕不妥吧。」

說話的是尚書令李文和，這位李文和是蔡京的人，平時唯唯諾諾，一切以蔡京馬首是瞻，倒是恰好適合在尚書省裏掌舵，李文和此時也沒有多想其他的，只是覺得堂堂天子屈尊去做個祭酒本就有點荒唐，更何況還是武備學堂的祭酒，那豈不是將國子監和太學都壓了一頭？大宋揚文抑武，文武之間的地位懸殊，可是官家來這麼一下，士林那邊肯定鬧得凶。

李文和話音剛落，趙佶的臉色剛剛有點僵，蔡京已不動聲色的道：「李大人，這是武事，你不要糊塗。」

李文和咀嚼著蔡京的話，頓時醒悟，立即嚇出一身冷汗，這武備學堂本就是親軍，除了陛下來做這祭酒，還有誰敢擔這干係？連忙恍然大悟地道：「是微臣孟浪了。」

趙佶笑呵呵的擺擺手：「不打緊。百廢待興，這件事就交給沈傲去做，他要什麼，尚書省和各部都給一點方便，教習、學規、還有操練的器械都不能耽誤。」

尚書省本就管著六部，算是六部之首，專司執行，李文和連忙道：「這個好說，微臣一定儘量給沈大人方便。」他小心翼翼的瞧了沈傲一眼，對沈楞子有點兒畏懼，哪裡敢不給他方便，沈楞子不找他的麻煩就要阿彌陀佛了。

蔡京淡然的道：「陛下，武備學堂建起來是否有些不妥，畢竟顛覆了我大宋的常規。」

趙佶望了沈傲一眼：「沈卿，你來向太師解釋吧。」

沈傲點頭，把自己的想法說出來，在座之人原本也有點不以爲然，可是聽說入學的都是童生、秀才，倒有不少人釋然了，說來說去，這武備學堂原來培育的還是文武雙全的人才，如此一想，阻力就不大了。文人歧視武人，不是說武人是大老粗，而是認爲他們不讀書，不懂得聖賢的道理，那些入學的學生都是讀書人，士林那邊就算有非議，終究還會陷入爭議之中，不致一面倒的口誅筆伐。

沈傲口乾舌燥的說完，趙佶含笑道：「諸卿還有什麼異議？」

話說到這個份上，又見官家和沈傲兩個興致勃勃，此時提出異議不啻是要和官家和沈傲打擂臺了，就算心裏有意見，也無人敢站出來反對。

「那就這麼辦了，門下省那邊擬出旨意來，讓朕來過過目，至於沈傲嘛，你也多費費心，儘快擬出一個章程送到宮裏來。」

趙佶最後拍板，顯得興致更濃，隨後說了幾句閒話，今日這小朝議才算塵埃落定，等所有人都走了。趙佶將沈傲留下，對沈傲道：「朕既是祭酒，你就要做出點樣子來，否則連朕都跟著你蒙羞，知道嗎？」

沈傲應下，露出苦笑：「陛下，我是不是該去見見太后？」

趙佶道：「又陪著太后打葉子牌？你這傢伙真當自己閒得無事嗎？偶爾陪太后玩玩也就是了，別老想著玩，好好看著武備學堂和鴻臚寺吧。」

沈傲笑呵呵的道：「陛下，安寧的年紀不小了……」

這句暗示算是讓趙佶明白了，原來這傢伙是惦記著自己從前的承諾，沒好氣的道：「你還怕跑了？實話和你說了吧，時間拖得越久，太后那邊點頭越容易，反正太后要爲安寧選婿，朕都在這邊擋著，你還怕人跑了？少跟朕玩花樣，給朕好好寫個章程出來，朕要過目。」

章程這東西，沈傲沒寫過，一方面要言簡意賅、條理清晰，另一方面也要將自己的想法全部表達出來，沈傲總覺得用古文有點兒爲難，可是若是用白話文，趙佶那邊肯定要訓斥，因此只好尋了許多前人的章程來，依葫蘆畫瓢，慢慢地把自己的想法添加進去。

除了忙著寫出一個章程，沈傲還要管著鴻臚寺，另外又懊惱著安寧的事！這陛下的心意是三天兩頭的變，也不知道何時是個頭，眼下蔡京那邊總算消停了，諒他們也沒這個膽再在這個時候鬧什麼么蛾子，看清眼下的局面，蔡京自然也是小心翼翼，沈傲也尋不到他的把柄，再者說了，若是沒有一擊致命的機會，沈傲這個時候也絕不會亂動，至於蔡京，也知道沈傲如日中天，不願觸這個霉頭，所以這幾日，二人遇見也都是客客氣氣，把手暢歡。

沈傲就琢磨著趁這機會，把安寧的事辦了，可是趙佶那邊又突然不肯放鬆，倒是讓他一時琢磨不透了。

一邊坐堂一邊想著心事，那一邊同文館主簿楊林小心翼翼地踱步進來，悄悄地站到一側，也不吭聲。

沈傲抬眸道：「怎麼了？」

楊林道：「還是倭人那邊的事，大人，這一次只怕我們想不放人都難了。」

沈傲心情不好，陰著臉道：「不要賣關子，有什麼說什麼，是不是禮部那邊還不肯干休？你去和他們說，就說我說的，鴻臚寺做事，還輪不到禮部來指教，有什麼官司，就是打到宮裏去，我也未必怕了他們。」

楊林微微搖頭道：「只是這幾個留學生中有一人非同小可，此人叫源賴清，乃是倭人國內最大的家族首領之子，他的父親不久前爲倭人國主平定了叛亂，如今在倭國如日中天，倭使那邊一開始不肯說出此人的身分，怕引起不必要的麻煩，可是如今也沒有顧忌了，只希望我們能夠放了源賴清，至於其他的，我大宋如何處置，他們也不過問了。」

「哦？源賴清？這個名兒好啊。」沈傲饒有興致地笑了笑，隨即道：「這人，我不點頭，誰也不許放！不過名字好也沒用，管他爹是誰，我和他爹又不是很熟，憑什麼叫我放他？」

楊林道：「這事兒捅出來，只怕倭國那邊不肯甘休。」

沈傲笑了笑道：「就是要他不肯甘休才好，楊林啊，你那同文館是清水衙門，這個時候，還不趁機多撈點油水？」

楊林頓時明白了，既是感激又是歡喜地道：「下官知道了。」

「源賴清……」待楊林走了，沈傲又念了那名字，笑了笑，繼續埋頭寫章程。

爲了這個事，禮部又派人來鬧了一次，沈傲統統擋了駕，憑什麼有好處，你禮部一個人撈？沈傲早就斷定了，倭人那邊在禮部花的銀子不少，鴻臚寺這邊還沒有發財呢！放人？做夢。

沈傲一點也不急，好不容易撈著了一條大黃魚，哪裡有能說放就放的道理，他的立場擺了出來，整個鴻臚寺上下立即看到商機無限，如今一個個鐵了心和沈傲站在同一戰線，油水多一些，上下都有好處，至於禮部……管他呢，他們吃飽喝足了，鴻臚寺不就只能喝點湯？這說不過去啊。再者說了，咱們是照章辦事，京兆府那邊還要發文，不但嚴令不許放人，還要鬧出點響動，作出一副立即要押解刺配的樣子。

那邊倭人的來使叫平田信，此人已經急紅了眼，源賴家在扶桑剛剛平定了一場叛亂，聲勢無人可比，乃是日本朝中第一人，其勢力已遍佈了半個關東，資本雄厚，眼下這位源賴家的公子絕不能出任何差錯，按理說，該打的也打了，竟還發配到交州去，到了交州，只怕一輩子沒命歸國了。等他回到扶桑，如何向源賴家交代？

所以平田信一邊託禮部這邊斡旋，花錢如海似的在京兆府裏吊著，可是最後人家雙手一攤，平田信傻了眼，這不是坑爹嗎？錢送了這麼多，你辦不成早說啊。可是他也不好說什麼，人家不一定能幫你，可是背後踩你的能力還是夠的，平田信只能馬不停蹄地去鴻臚寺裏打點。

先是託了人，叫來幾個鴻臚寺裏的人出來喝喝花酒，送點銀子，先打聽打聽再說；人家比禮部的態度好得多了，不像禮部那邊，混賬東西，收了錢還板著個臉，這鴻臚寺的官好歹出了錢還能賺個笑。

「這個事嘛……」說話的人是鴻臚寺懷遠驛主簿王丹青，這人也是個會來事的，胖乎乎的臉上可以擰出一把油來，笑呵呵地道：「難！」

「難？」

王丹青皺著眉道：「實話和你說了吧，我這懷遠驛管不了這頭，你得找對人，找對了人，事情就容易了。」

「只是不知管事的是誰？」

「當然是同文館，不過兄台放心，這件事包在我身上，我去請楊林楊大人來，他來了，準有主意，不過，這位楊大人也不是輕易能見的，這個……這個……」

這又是具有大宋特色的暗示了，平田信一咬牙，一遝錢引就往王丹青的手裏塞，王丹青受了「侮辱」，怒氣沖沖地道：「你這是做什麼？本官清廉自守，最看不得這些邪門外道，會稀罕你們倭人這點銀子嗎？」

話是這麼說，一遝錢引已經落入了王丹青的腰包，王丹青還不忘訓斥：「往後不要這樣了，這樣很不好，你們倭人啊，就是喜歡這調調，見人就塞錢，還讓咱們大宋的官怎麼照章辦事？」

平田信有苦自知，只是陪罪，說以後再也不敢了，這年頭，送禮的人還落不到好，真真讓人情何以堪？

當日王丹青就把楊林請了來，先是喝了花酒，平田信將楊林引到僻靜處，一邊倒著苦水，一邊還少不得往楊林手裏送錢，楊林做了半輩子的官，還沒一個有油水的，如今見到一張張的百貫大鈔，連手都忍不住哆嗦了，清貧了半輩子，總算鹹魚翻身，足夠置辦一個大宅子綽綽有餘，激蕩之餘，心裏頭對沈傲千恩萬謝，卻是冷著臉道：「這件事，我會留意。」

留意？平田信要瘋了，最新的消息，人馬上要發配走了，到了那個時候，一切都已經晚了，還留意個什麼？

咬咬牙，平田信又將一遝錢引送出去，說了許多好話，只恨不得給這位漫不經心的老爺磕頭。

「這事嘛……」楊林這才擺出一副願意干涉的架勢，慢吞吞地道：「還得寺卿大人做主，他點了頭，才肯放人。」

平田信像是看到了曙光，忙道：「能不能請大人引薦？」

楊林冷著臉道：「只怕寺卿大人不肯見你，我倒是知道有個叫曾歲安的主簿，可以幫你引薦，他和沈大人是至交好友，有他說話，比我管用得多。」

平田信覺得自己像個皮球，從京兆府踢到禮部，又從禮部踢給了王丹青，如今踢來踢去，還是不見個頭，心沉入海底，卻不得不勉強打起精神：「那就有勞大人了。」

早知道只是引見，就不該給這姓楊的送這麼多銀子了，一開始還以爲他能做主呢！

可是錢都送了出去，你敢開口去要？打落了門牙只能往肚子裏吞。

於是他見了曾主簿，後來又見了無數相關人等，銀子花得海了去了，只怕這一趟連路費都貼了回去，平田信總算等來了曙光，不管怎麼說，那位沈大人終於肯見了，約定了明日下午去，不過平田信卻不敢放鬆，下頭這些小鬼都如此難纏，見了正主，禮物當然不能少了；於是連夜向汴京的倭商們四處借錢，還有一些大商賈和倭人也是有交情的，也能籌點銀子出來；大宋的海貿十分發達，揚帆出海東渡扶桑的海商往往能得到巨利，這些人也願意借錢給平田信，寫好了欠條，不怕他不還賬，不行，那就用倭人的特產來抵，反正是少不了好處的。

膽戰心驚地過了一夜，平田信一大清早起來，左等右等，晌午就到了鴻臚寺，據說那位沈大人正午回家去了，要過個時辰再來。

這鴻臚寺上下收他好處的人不知凡幾，待他倒是客氣，迎他進了小廳，斟茶遞水叫他慢慢等，時不時還有幾個大人或者差役進去，這個笑嘻嘻地說：「國使大人還有什麼吩咐嗎？」那個說：「國使大人不要急，沈大人馬上就來了。」

對這些人，平田信也不敢怠慢，他知道這衙門裏頭錯綜複雜的關係，一個小吏，說不定是沈大人跟前伺候的，沒準兒還是個能說上話的角色，所以對哪一個都是如沐春風，趁著空子，幾張錢引就塞過去，再心疼銀子，到了這個節骨眼上，也是萬萬不能出差錯的。

得了好處的人說了幾句好話就走，馬上又有一個進來，倒像是排好了隊，專門等這位散財童子發錢似的；有的還不忘提點平田信幾句，比如說那位沈大人有什麼喜好之類，平田信虛心受教，心裏就琢磨：此人對沈大人知根知底，莫不是沈大人的親信？於是大手一揮，三百貫送出去，連眉頭都不皺一下。

第一七五章
倭人特產

他們的戰爭規模往往類似於中原村戶之間的械鬥，所以武器的重要性便顯現出來，
日本人乾脆往死裏琢磨什麼樣的刀砍人最方便，
日久天長，還真被他們琢磨出來了，難得有了一樣可以拿得出的特產。

汴京城對平田信這種外來戶來說就像是個迷宮，陷進去就甭想再出來了，跌打滾爬了半個月，連一根雞毛都沒有撈著，銀子卻是花了不少。

其實這並不是說倭人智商低，一群依靠僧侶和世家貴族統治的扶桑，哪裡懂得什麼叫江湖險惡。而汴京城就不一樣了，便是一個最底層的九品小官，那也是正牌子科舉出身，換句話說，人家那是踩著不知多少人肩膀爬上來的人精，其智商之高，可不是憑一群依靠恩蔭上位的傢伙相提並論的。

折騰的手段多得是，平田信在他們眼裏，就像是個踢來踢去的皮球，油水刮了三尺厚，玩也玩累了，賺也賺足了，給他一個面子，終於肯讓他見一見沈寺卿。

沈傲懶洋洋的到了鴻臚寺，楊林早在這兒久候多時了，小跑著過來道：「大人，人已經到了。」

「嗅。」沈傲漫不經心的點頭，道：「讓他等著吧，我還趕著寫章程，遲些要送到宮裏去。」

楊林頷首點頭，笑呵呵的道：「大人，倭人出手不凡啊，便是下官，來回就送了兩千貫，大人千萬也不要客氣，難得遇到這麼個冤大頭，不抽筋扒皮，他的身家也早晚便宜給禮部和京兆府。」

沈傲伸了個懶腰：「才兩千貫也叫多？我的楊大人，你在同文館待得久了，連人都木訥了，往這上頭翻個十倍，本大人或許還看得上眼。」

楊林倒吸了口涼氣，原本這種事也不好當面說的，畢竟總要有個遮掩，這位沈大人倒是夠豪爽，一點兒也不客氣。楊林訕訕笑道：「下官哪裡比得過大人。」

沈傲打發道：「我已經想好了，原本倭人那邊是該由同文館管著的，過幾日上疏，把倭人名正言順的劃到你們同文館的名下去，往後你和倭商們打交道也方便些，去吧。」

楊林聽了，喜出望外，錢誰不喜歡？同文館有了這個名分，那些倭商還不要老老實實和他打交道，番商是捨得打點的，這裏頭的油水可想而知。

相較來說，高麗和扶桑相比，實在是一點油水都沒有，畢竟高麗人主要的貿易對象是接壤的金人，除了一些奢侈品，高麗商人是極少揚帆過海而來的。而倭人就不同，據說這倭人在一個海島上，什麼都缺，不管是絲綢還是瓷器，只要是大宋的東西都趨之若鶩，再加上倭人那邊有不少金銀礦產，這都是硬通貨，去那邊做生意的海商不少，來這邊採買的倭人也多，一旦和同文館打交道，還怕少了商機?!

再者說了，人家沈大人放了話，賺番商的錢沒什麼心理負擔，那叫本事，你有本事，能摳出錢來，沈大人是不管的。

楊林欣喜的道了謝，心裏明白，自個兒如今已算是沈大人的半個心腹，心裏忍不住唏噓。

沈傲先進去繼續潤了筆，又交代了禮賓院那邊敷衍西夏人的事，才慢吞吞的到了偏廳，咳嗽一聲，跨檻過去。

早已等得不耐煩的平田信差點兒從座上彈跳起來：「沈大人……」

沈傲坐下，和藹的招呼平田信也坐，道：「我是素來喜歡和你們倭人打交道的，倭人爽快，這是有口皆碑的事，本大人嘛，就喜歡爽快的人。」

送了這麼多銀子出去換來一句有口皆碑，平田信不知是該哭還是該笑，立即道：「有大人這句話，下使受寵若驚，其實這一趟來，下使也爲大人帶來了禮物，還請大人笑納。」

說著就要掏錢引，這段時間他掏著掏著也就習慣了，居然還掏出了心得，手腕輕輕一抖，另一隻手從袖子裏一探，便是一遝遝錢引落在手裏。

沈傲擺手，厲聲道：「錢，本官有的是，你那點兒家當，本官還真看不上。」

平田信心情掉落到谷底，在他看來，能收錢的天朝官員好歹還能說兩句話，碰到連錢都不要的，連話都別想說，像沈傲這種開口就是你那點家當滿臉鄙夷的，更是不好說話了。

他膽戰心驚的道：「下國是窮了一些……」

「窮不可怕，窮也要窮得有志氣！」沈傲打斷他，目光幽幽，一副訓兒子的架勢：「你們倭人那邊自己惹的事，現在又來求情，四處用糖衣炮彈去教壞我大宋的官員，這算是怎麼回事？說得難聽些，我大宋的官哪個不是清清白白的，被你這一教唆，叫他們往後拿什麼臉面做人？」

平田信臉色蒼白，心裏想，還需我去教壞大宋的官，誰比誰壞還是沒準的事呢。口裏連忙致歉：「是，是下使的過錯，大人見諒。」

沈傲這才慢吞吞的道：「至於那個源賴清，哼，他既觸犯了我大宋的律法，我大宋該怎麼判決還怎麼判決，你奔走也沒有用，這件事我已上疏了官家，莫說是你，便是源賴清他爹親自來，也別想翻案，我還是勸你收收心吧，刺配去交州又不是瓊州，十年八年之後不就回來了嗎？還能增長點見識，你就當他是去交州留學長本事了，不要擔心。」

去交州長見識長本事？平田信真是哭笑不得，那個鬼地方他是知道的，處在大宋的南疆，比扶桑還要落後，到處都是蛇蟲螞蟻，還有不少不服王化的番子，一言不合就拔刀相向，源賴公子去了那裏，十年八年之後能不能活還是個未知數，長個什麼本事。

想到歸國之後，源賴家向他要人，平田信就要哭了，抹著淚花懇求：「大人千萬開恩，源賴公子雖然有錯，可是該打的也打了，驅逐出境便給了他教訓……」

「你不必懇求。」沈傲面無表情，端起茶來喝了一口：「求也沒用，實不相瞞吧，案子都定了，再鬆口，朝廷的威信在哪裡？」

平田信只是乞求，真真是眼淚都流出來了，其實他不知道，往往求人辦事的，被求者都要將事情說得嚴重幾分，不嚴重你來求我做什麼？不嚴重怎麼叫你乖乖掏銀子？可見倭人狡詐時確實狡詐，可是再往深一點，就有點一根筋了。這也怪不得他們，沒有科舉，就沒有文化，沒有人從千軍萬馬中脫穎而出，掌權的平均智商有限得很，那點兒彎彎繞繞他也想不明白。

沈傲嘆了口氣：「你哭個什麼，傳出去倒像是我堂堂大宋官員欺負你們倭人似的。先坐下說話。」

平田信又看到了希望，如抓住了救命稻草，不肯坐下，卻是站起來彎腰鞠躬：「大人只要肯高抬貴手……」

沈傲揮手打斷他：「這件事難，太難了。」他皺著眉，嘆息道：「京兆府那邊肯不肯放人還是未知數，還要保證不能遭人彈劾，所以御史台、宮裏頭的諸位公公那邊都要打點好。最緊要的是官家，官家在這事上是發了話的，該怎麼辦就怎麼辦？你想想看，我大宋皇帝金口玉言，要想更改有多不容易？」

平田信聽得冷汗淅瀝瀝的從背脊上流出來，這幾日單和禮部和鴻臚寺打交道，就教他腦子滿是混亂，不知耗費了多少人力、財力，原來鴻臚寺也做不得主，還要走宮裏和御史的路子。

沈傲板著臉：「所以我還是奉勸你罷手算了，這事兒不容易。」

平田信咬著牙：「還請大人指點，源賴公子是一定要救的。」開玩笑，不把那源賴清帶回去，他也只能剖腹謝罪了，就是刀山火海，他也要試一試。

沈傲沉吟道：「給你兩條路吧，一條是你自己去打點，各方面的干係你去擺平。」

平田信更是頭痛，這麼多干係憑他一個外來戶怎麼擺平，忍不住問：「第二條呢？」

沈傲抱著手上的茶盞笑了，笑得很曖昧：「那就託付給我，讓我去給你梳理關係，不過嘛……你也知道，我是讀書人，做這種違法亂紀的事難免會有點心裏負擔……」

後面的話不必繼續說，若是連這個平田信都不能明白，那他就真是豬了。幸好他應付不來那些老油條，可是理解這句話的意思還是綽綽有餘，立即道：

「那下使就將源賴公子的性命託付大人，大人，拜託了。大人有什麼要求，儘管提出來，但凡下使能夠做到，一定盡力而為。」

「痛快！」沈傲拍案而起，豪情萬丈的道：「既然倭人朋友們如此痛快，我也向你打個包票，源賴清準能保住性命，死不了。」

他頓了頓：「其實我要的東西也不多，我這人平生最愛刀劍，據說你們倭人鍛刀技術倒是一把好手……」

「大人要刀，那就太容易了，我立即奉上幾柄……」

沈傲手一擺：「幾柄？本大人要的是一千柄！」

「啊……」平田信驚訝的說不出話來。

按理說，倭刀在這個時代確實先進，可是所謂的先進也是有原因的，比如中原的戰爭規模往往超過十萬百萬，如此大規模的會戰，幾把好刀發揮的效果並不大，所以中原的武器特點在於實用並且能夠大規模裝備。

可是倭刀明顯不具這個特點，因爲這樣的刀生產的工藝過於繁瑣，保養也十分困難，耗時耗力，糜費也是不少，所以這刀在倭人之中也只有殷實的武士階層才用得起。

也虧得他們的戰爭規模往往類似於中原村戶之間的械鬥，所以武器的重要性便顯現出來，日本人也是一根筋，於是乾脆往死裏琢磨什麼樣的刀砍人最方便，日久天長，還真被他們琢磨出來了，難得有了一樣可以拿得出的特產。

一柄倭刀的價格已經不菲，這位沈大人獅子大開口，竟是要一千柄，這是什麼概念？說得不好聽些，便是整個倭國，滿打滿算也不會超過五千，一千柄倭刀的價值若是將海運和護送人員一路的花銷一併算上，只怕三十萬貫也不止，虧得沈傲開得了口。

三十萬貫對於大宋來說或許算不得什麼，可是對於倭國，已經差不多一年的稅賦了，虧得沈傲提出來竟如此輕描淡寫。

「大人……」

「怎麼？捨不得？那就算了，當我沒說，來人啊，送客，本大人恰好要趕進宮裏一趟，平田兄，咱們下次見。」

平田信急了，忙道：「不是捨不得，而是給不起，若是大人要五十柄，我立即寫信回去，請源賴將軍籌措尚還可以籌措，可是一千柄……」

「那就算了。」沈傲起身要走。

「且慢……」

「怎麼？平信兄有事？」

「大人能不能想個折中的辦法。」

沈傲又坐回去，又笑了起來：「辦法倒是有，其實嘛，一千柄也不難，不如這樣，我呢，先收一百柄，至於其他的，你們也不必給了，不過你立即向國中去信，叫源賴家立即帶二十名刀匠來，讓這些刀匠來為我製刀也是一樣。」

沈傲鬆了口，平田信的心情卻並不輕鬆，這倭刀好歹是倭國唯一能混口飯吃的手藝，不說別的，那些倭商偶爾帶幾把刀來也能賣出點銀子，刀匠在倭國本就不多，如今一下子送來二十名，實在有點強人所難。

他想了想：「這件事，我立即向源賴家通報，只是源賴公子這幾日就要刺配去交州，就怕敝國回了信……」

沈傲拍板道：「這個好說，人，我先叫京兆府扣著，先不要刺配，什麼時候刀匠來了，我再交人。」

糊弄完了倭人，沈傲也沒有多少閒情雅致，帶著寫了半個月的章程入宮，趙佶剛剛和三省那邊議完了事，正無所事事，打算去萬歲山歇一歇，聽說沈傲來覲見，打起精神叫他進來。

沈傲落座之後，將章程呈上去，趙佶只略略看了看，對這些東西他也不太上心，將厚厚一大疊章程放下，便問：「這個法兒行得通？」

沈傲當然只有打包票的份，若是連他都沒有自信，這學堂還辦個什麼！「行得通的，陛下勿憂。」

趙佶展露出笑容，道：「這便好，籌辦的事，你負責看著，各部會和你配合，不過朕有言在先，這是你先提起的，辦得不好，朕這個祭酒也失了顏面，這干係你得擔著。」

沈傲露出苦笑道：「辦得好了可有賞賜嗎？」

趙佶哈哈一笑：「也就是你有這個膽子，竟開口向朕要賞了，這樣吧，學堂辦得好，往後就由兵部撥付錢糧，終究靠你那點銀子，搭個架子起來還好說，維持個幾年就不成了。」

沈傲心裏想，這樣也不錯，見了效，只要兵部那邊肯撥錢，又可以省下一大筆開支，好歹還有百來萬貫做自己的家底，再者說了，若是全靠他來維持，這學堂還真不知道能維持多久，他原本就打定了主意，反正把皇帝拉下了水，皇帝做了這祭酒，學堂辦得不好，宮裏的臉面一時也擱不下去，所以宮裏或兵部撥款也是早晚的事，有趙佶這句話，他心裏也有了底氣，便笑呵呵地道：「微臣還想請一道旨意。」

「你說。」

「我大宋讀書人諸多，可是真正能考取功名的卻不多，能不能請陛下發旨給各縣學、府學，叫他們勸說一些學問尚可、可是功名無望的讀書人入學，單憑微臣這邊，畢竟學堂剛建起來，只怕一時也招募不到人手。」

趙佶想了想，瞪了沈傲一眼，道：「你就是麻煩，朕倒是明白了你的鬼主意，把朕拉來做了祭酒，好利用朕替你辦事，是不是？」

沈傲正色道：「這學堂還不是陛下辦的嗎？」

這一句話算是把趙佶的不滿堵了回去，武備學堂還真是趙佶辦的，人家說得好聽，那叫爲你分憂，誰利用誰還不知道呢！趙佶眼下也只有點頭的份，做了這祭酒，若是到時候連招生來源都不能保證，只怕連著他也要貽笑大方了，轉而道：「好吧，朕明日叫門下擬份旨意出來。」

接著讓沈傲陪著他說了幾句話，趙佶便打發沈傲走了。

有了趙佶的支持，學堂的事一切都變得有條不紊起來，學堂的地址也選好了，離著鴻臚寺不遠，原本是一處禁軍的營房，如今騰了出來，占地不小，足有數百畝之多，這在汴京，已是十分難得。沈大寺卿化身爲包工頭，出了銀子請了工匠來對營房進行修葺，還有一些設施免不得增設，好在校場、營房都是現成的，可以省下不少銀子。

至於教習那邊，兵部也大方，拿了一份花名冊來請沈傲自己選，兵部倒是從來沒有和沈傲打過交道，只是聽到沈傲的名兒就怕了，哪裡敢和他有什麼牽扯，所以沈傲要護具、槍棒什麼的，部裏頭便派了個主事，專門和沈傲斡旋，原則就是要什麼給什麼，只要老兄不來找麻煩，什麼事都可以商量。

最麻煩的還是各地生源的招募，讓讀書人投筆從戎那可是一件苦差事，聖旨發下去，讓各地的教諭一時頭昏腦脹，從來聖旨都是催促他們督促學生讀書的，讓他們勸人去從武那是從所未有之事，可見難度空前之大，大得讓人難以想像。

畢竟讀書人還是有那麼一點點功名的想法，心裏都懷著治國平天下的理想，叫他們一下子扛著槍棒去保家衛國，去學習武事，人家肯嗎？

不過聖旨早就預料到這種情況，也都已經訂下了業績指標，像杭州這種下轄的府縣，至少要抽調三十人，赤縣五人，大縣三人，中縣二人，至於那偏遠山區一人就足夠。反正就是壓著你辦，辦得不好，吏部那邊每三年的功考你就別想過了。

有了業績考核的壓力，各地教諭不得不動員起來，怨氣是有，可是這官但凡你還要做的，就得老老實實幹活，反正就是忽悠，忽悠不到就慘了，超額完成任務，還有晉升的希望，於是縣學裏頭天天都是講道理，從前是召集人如何讀書，眼下是教人馬革裏屍、投筆從戎，對於武備學堂，那也是賣力地吹噓，對窘困的學生，那就說免食宿，還有餉銀；對富裕一些的就說天子門生，保家衛國。

你還不能說進去了是做武夫，那些教諭一拍腦殼，便創造了一個新詞，叫儒士，反正和大頭兵不一樣，你是讀書人，讀書人從了武，那身分當然不一樣了。

那邊一糊弄，事情就好辦多了，各級縣衙和教諭爲了自個兒的前程，把這沒影的武備學堂誇成了一朵花，不知道的，還把它當成了太學國子監，倒還真有不少魚兒上鉤。上鉤的魚兒也沒有什麼才子，才子就算肯來，人家教諭還不肯放人呢，這可是科舉的希望，大多數報了名的，都是一些適齡卻又科舉無望的，畢竟科舉只是獨木橋，狂得沒邊自信自己一定能高中還真不多，一些人謀不到出路，又聽了縣學那邊胡扯，心裏一橫，便踏上了這條不歸路。

有的人是家貧，有的人是奔著前程，還有一些人當真是一腔熱血，理由不同，目標卻是一致，一個個背了包袱，手裏捏著縣學的證明文書便上了路。

那一邊皇帝也夠意思，特意下了旨，說是凡是拿了縣學文書要來從戎的，各地驛站負責接待。這個旨意發下去，讓那些半途上膽戰心驚的儒士安心了不少，驛站是做什麼的？沒有一個官身，想住進去都難。如今他們也有了入住的資格，不但節省了路費，至少這身分上就高人一等了，看來這天子門生的待遇還真不錯。

事情到了這個地步，武人自然沒得說，連讀書人都從武了，他們是與有榮焉，所以京裏頭的禁軍還有邊鎮那邊都挺高興，連童貫和大小種相公都上了疏，聲言要鼎立支持，抽調教習什麼的都好說，責無旁貸。

至於朝廷裏也有反對的，不過地方上倒是無人應和，畢竟地方上是硬性指標，忽悠人都來不及，再來誹謗武備學堂，人家還敢去嗎？所以地方和朝廷裏形成了兩個極端，這邊在腹誹反對，那邊是使勁地宣傳，倒像是你不去從戎，就變成了無君無父、不忠不義的混賬。

不過朝裏的反對也只是一頭熱，過去了終究還是風平浪靜，人家皇帝是祭酒，你反對它就是反對皇帝；再者是：閻王好惹，沈傲能惹嗎？去看看人家王黼的下場！

而蔡京那邊是逢迎慣了的，陛下開了金口，他立即回應，一點都不拖泥帶水；衛郡公那邊也沒有反對，礙的都是沈傲的面子，新舊兩黨都沒話說，剩下的孤魂野鬼那是螳臂當車，發幾句牢騷也就罷了，再廢話，有的是整治的手段。

真正要等到開學，那也是兩個月後的事，處在這暴風的中心，沈傲反而閒置下來，那邊皇帝對安寧的事閃爍其詞，也不知什麼時候是個頭，沈傲化悲痛爲力量，一心偷懶，該他去鴻臚寺值堂的時候，他打發個人去鴻臚寺裏，說本官要在武備學堂督促工匠趕工。武備學堂那邊，他又叫人去說本官今日要在鴻臚寺值堂，反正兩邊都以爲這位沈大人忙得腳不沾地，兩邊都糊弄住了。

沈傲有了閒情，偶爾去陪陳濟說說話，或是尋幾個親友閒扯幾句，再就是陪著夫人們逛逛街，趕趕廟會，去邃雅山房喝喝茶，日子過得悠閒，連人都變得懶洋洋的。

半個月過去，連他自己都不知道做了些什麼，倒是周夫人那邊請他過去，對周夫人，沈傲是一點都不敢怠慢的，立即讓人備了禮物，拿了幾尊在王黼家抄來的玉佛、瑪瑙佛珠兒，便趕到國公府。

國公府裏上下都認得姑爺，遠遠看到，門房便小心翼翼地過來打招呼，迎他進去，沈傲徑直進了後宅，直接去佛堂裏尋人，夫人見了他，埋怨了幾句，說他這麼久都不肯來看她，把她的女兒拐跑了便不見了蹤影。

沈傲頓感頭大，正要解釋，夫人又笑：「和你說笑罷了，你如今做了官，是個忙人，整日陪著我這老婆子也不是個事。」

沈傲吁了口氣，連忙道：「往後一定經常過來，岳母有空，也可以去我那裏走動，反正兩個宅子離得近，要不，我乾脆在宅子裏設一座佛堂，有空呢，你便去住幾天，該禮佛的時候禮佛，空閒時讓若兒她們陪著您說說話。」

周夫人應承下來，道：「抽空呢，我會去看看。這一趟叫你來，是聽老爺說你要辦什麼學堂，這些事我也不懂，坊間裏都說這是天子門生，很是榮耀的。我就在想，恆兒在殿前司雖然做得也不錯，可是他終究年紀還輕，多學些本事總無妨，能不能……」

夫人後頭的話不說了，一雙眸子別有深意地看著沈傲。

原來是想叫周恆進武備學堂，沈傲想了想，周恆的條件倒是符合，畢竟人家有個監生的身分，雖然不好讀書，可是文化水準也不算低，再加上年紀未滿十八，也一點都不過份。他轉念一想，就明白了夫人的心思，周恆眼下只能從武，既然從武，當然選個好的出身要緊，從前是打算先讓他去殿前司鍍鍍金，如今武備學堂出來，到處都在宣傳武備學堂的好處，像祈國公府這樣的人家，也不在意禁軍一個將虞候的身分，寧願讓周恆去回爐歷練。

沈傲道：「只要周恆肯去，我巴不得他來，他的條件不差，入學是不成問題的。」

夫人放下心，便笑起來：「誰曾想到幾年功夫，你便有如此的造化，哎，以後我就將恆兒託付給你了，你看緊著他，該打便打，該罵就罵，他還叫你一聲姐夫呢，你對他嚴厲些無妨。」

沈傲不成想武備學堂被人吹噓得太凶，竟連國公這邊都有了興趣，可見那些教諭爲了完成聖旨交代下來的任務，當真是卯足了勁在吹，心裏便忍不住有點兒洋洋自得了，武備學堂還沒有開學呢，宣傳就如此得力，想必這生源的難題算是緩解了。

一個難題解決，另一個問題也隨之而來，如今聽到了武備學堂的好處，走後門的就蜂擁而至了，那些個勳貴子弟雖然有恩蔭，可是總得有個出路，讀書讀不進，弄了個監生頭銜雖然好聽，可是天下人都知道這是假的，中聽不中用，做官做不了，沒辦法，只能從武了，在往常，這樣的子弟大多都塞進殿前司或者馬軍司去，反正就是混，總比待在家裏吃老子的強，可是當這些人發現要混還有個去處時，這主意自然而然地打上門了。

於是三天兩頭，便是某某爵爺來了，對沈楞子，當然不能動強的，要潤物細無聲，好聲好氣，於是一見面，就熟絡了，一拳砸砸沈傲的肩窩，叫一聲：「你小子行啊，沒有給本公爺丟臉，好樣的。」這一句的意思是你小子能有今天，老子也照應了不少，接著下一句就是：「噢，聽說你辦了個武備學堂，好啊，這是利國利民的大好事。」這一句就開始鋪墊了，先誇這姓沈的一句，再就是：「若是學堂裏有什麼麻煩，誰敢爲難你，你儘管來和本公爺說，你等著瞧，那些朝裏的窮酸文人早晚要找你麻煩，報我名兒，看他怕不怕。」

這一句叫口頭賣個人情，意思是說老子夠意思了吧，你小子識相點，大家互惠互利。說了這麼多，就差不多可以開門見山了，話鋒一轉：「有件事呢，想和你商量商量，我那不成器的兒子你知道吧，哎，這個傢伙，他要是有你一半，我也就放心了。別的不說，咱們兩家的交情那也沒有客套的必要，那不孝子就跟著你混一段時日吧，不是武備學堂要開學了嗎？哈哈，你替我管教，他要是敢不聽話，你給我狠狠地打，打死了也由你。」

見到這種老油條中的戰鬥機，沈傲是一點脾氣都沒有，人家樹大根深，你還不能翻臉，說不定他家哪個女兒或者姐妹在宮裏頭做了妃子，又或者和哪個宗王聯了姻，至不濟的，祖宗三代算來，也算是鐵打的外戚。可也不能什麼爛人都收，於是只好和他們扯皮：「噢，令公子是不是那個某某某？年方幾何了？」

「不大，不大，孫子才半人高，那不孝子也剛三十出頭，哈哈，剛過而立之年，慚愧得緊。」

沈傲臉子一擺：「公爺，這不符規矩，你孫子入武備學堂還差不多。」就這麼個左右折騰，難免會得罪一些人，可也沒有辦法，不過條件符合的，沈傲也只能儘量給予方便，在他看來，什麼人不重要，只要能讀能寫，進了他武備學堂，就是回爐改造，是他們自己要屁顛屁顛進去的，反正後悔的不是沈傲。

日子慢吞吞地消磨過去，轉眼過了夏，天氣漸漸涼爽起來，武備學堂總算有了點兒規模，校場、營房、課堂都已修繕完畢，除此之外，兵部的器械、衣甲、還有分撥的胥吏、胥長都已到齊，沈傲所點的教頭，如今也都在兵部那邊點了卯，萬事俱備，只欠東風。

陪同著晉王一同驗收了武備學堂的設施，晉王倒是沒什麼意見，只是覺得什麼都新奇，尤其是校場邊的空地，竟有一塊占地數十畝的沙地，便忍不住問：「這是做什麼用的？」

沈傲回答道：「這是讓學生們在這兒自由訓練的。」

「自由訓練？」晉王很費解。

沈傲淡淡一笑：「就是讓他們在這裏打架。」

這一下晉王明白了，撇撇嘴道：「人家是讀書人，打架多不好，傳出去，壞了咱們的名聲。」

「晉王還有名聲嗎？下官怎麼不知道。」沈傲笑嘻嘻地反唇相譏一句。

趙宗咳嗽一聲，當作沒有聽見，這一路走來看到許多新奇的東西，他也不好再多問了，只是說：「陛下那邊已經選了吉日，就是這個月的十五開學，你辦得妥當一些，皇兄是祭酒，若是這裏出了笑話，宮裏頭也不好看。實話和你說了吧，」趙宗左右瞅了瞅，確認四下無人之後，低聲道：「其實你和安寧的事，母后那邊早就知道了。」

「噢，是誰說出去的，太沒公德心了。」

「咳咳……沈傲，你再指桑罵槐，本王就不說了。」趙宗脹紅了臉，看這意思，向太后打小報告的八成就是他。

沈傲板著臉：「好，晉王殿下快說。」

趙宗慢吞吞地道：「可是母后說，安寧的年紀還小，暫時還不需考慮，至於沈傲那個臭小子……哈哈，我不是故意說你，這是母后的原話，說這事兒不急著辦。」

「不急著辦，這是什麼意思？」

「不急就是不急，我也不瞞你，母后的意思也清楚，一旦娶了安寧，你在朝裏就難以待下去了，母后還有借重你的地方。」

聽到「借重」兩個字，沈傲便有些頭痛，太后和太皇太后鬧得凶，她們自是神仙打架，拉自己去做什麼？只好訕訕笑了笑，道：「噢，這件事總有解決的辦法，既然太后不急，我也只能等了。」

兩個人出了武備學堂，趙宗自去宮裏頭覆旨，沈傲則去了鴻臚寺一趟，一旦武備學堂開學，往後鴻臚寺這邊他就免不得要簡慢一些了，好在鴻臚寺已經完全上了軌道，各主簿都成了他的心腹，有什麼事可以先讓他們擋著，遇到了處理不來的事，再由他出面。

到了鴻臚寺，楊林便喜滋滋地跑過來，道：「倭人那邊有消息了。」

「這麼快？」沈傲微微一愣，這才過去兩個月呢，抬眸問道：「人呢？」

楊林道：「那個叫平田信的已經來了一趟，見大人不在，說是過一會兒再來。」

沈傲微微點了下頭，道：「那就等吧！京兆府那邊怎麼樣？那個叫什麼什麼清的沒被獄卒給折騰死吧？」

楊林笑呵呵地道：「大人請放心吧，下官早就知會過的，讓他們狠狠地折騰，但無論如何也得吊著一口氣，死不了。」楊林擠擠眼，低聲道：「京兆府的差役，這方面的手藝那是頂呱呱的。」

沈傲闔了眼，喝了一口茶，道：「既然這樣，那刺配的罪也差不多抵了，折騰了兩個月，生不如死的，總算沒讓我們吃虧，等下那倭使來了，我給你使了眼色，你就去京兆府那邊知會，把人帶來。」

「下官明白，一手交人一手交貨，是不？」楊林這幾日肥胖了不少，笑起來的時候，臉上摺起一團肉，連說話都變得圓滑了許多。

「還有……」沈傲慢吞吞地道：「等下給那什麼什麼清換身好點的衣衫，傷口呢都清理一下，省得說咱們不懂得待客。」又喝了口茶，蹺著腿繼續道：「不過這衣衫還有藥錢都讓那平田信來付，弟兄們招呼了這個什麼清這麼久，他們不拿點辛苦費來慰勞慰勞，京兆府那邊說不過去，就三千貫吧。你得一千貫，其餘的全部分下去，記著了，不要私吞，做官做人都要厚道，咱們都是讀書人嘛。」

楊林更是笑顏逐開，翹起大拇指道：「沈大人在咱們汴京，那是出了名的厚道，下官要多向大人學習才是。」

「你學不來的。」沈傲淡淡地道：「這是天賦，什麼人都學得會，那世上早就遍地君子了。」接著，眼眸幽深地望向房梁：「如今世風日下，君子又有幾人？本大人是高處不勝寒，知音難覓，曲高和寡，嗚呼哀哉……」

請續看《大畫情聖》十二 驚天弊案

大畫情聖 十一 金字招牌

作者：上山打老虎
發行人：陳曉林
出版所：風雲時代出版股份有限公司
地址：105台北市民生東路五段178號7樓之3
風雲書網：http://www.eastbooks.com.tw
官方部落格：http://eastbooks.pixnet.net/blog
Facebook：http://www.facebook.com/h7560949
信箱：h7560949@ms15.hinet.net
郵撥帳號：12043291
服務專線：(02)27560949
傳真專線：(02)27653799
執行主編：朱墨菲
美術編輯：許芷姍

法律顧問：永然法律事務所 李永然律師
北辰著作權事務所 蕭雄淋律師

版權授權：蔡雷平
初版日期：2014年4月
初版二刷：2014年4月20日
ISBN ：978-986-5803-90-2

總 經 銷：成信文化事業股份有限公司
地　　址：新北市新店區中正路四維巷二弄2號4樓
電　　話：(02)2219-2080

行政院新聞局局版台業字第3595號 營利事業統一編號22759935

定價：280元　特惠價：199元

國家圖書館出版品預行編目資料

大畫情聖 ／ 上山打老虎 著. -- 初版. -- 臺北市：
風雲時代，2013.08 -- 冊；公分

ISBN 978-986-5803-90-2（第11冊；平裝）

857.7　　102015353